CARLOS LABBÉ nació en Santiago de Chile en 1977. Ha publicado la hipernovela *Pentagonal: incluidos tú y yo* (2001), las novelas *Libro de plumas* (2004), *Navidad y Matanza* (2007, traducida al inglés y al alemán), *Locuela* (2009) y *Piezas secretas contra el mundo* (2014), además de la colección de cuentos *Caracteres blancos* (Sangría, 2010).

Fue parte de las bandas Ex Fiesta y Tornasólidos. Sus discos de música solista son *Doce canciones para Eleodora* (2007), *Monicacofonía* (2008), *Mi nuevo órgano* (2011) y *Repeticiones para romper el cerco* (2013). Ha sido coguionista de las películas *Malta con huevo* (2007) y *El nombre* (2014). Es licenciado y magíster en literatura. Fue parte del sitio de investigación Archivodramaturgia.cl, ejerce la crítica literaria en Sobrelibros.cl, y es coeditor, junto a Mónica Ríos y Martín Centeno, de Sangría.

LA PARVÁ

NARRATIVAS CONTEMPORÁNEAS, 14

CARLOS LABBÉ

LA PARVÁ

SANGRÍA

© Carlos Labbé Jorquera
ISBN 978-956-8681-38-8

© Derechos reservados para esta edición:
SANGRÍA EDITORA
Las Torcazas 103, departamento 604, Las Condes, Santiago de Chile
www.sangriaeditora.com
sangriaeditora@gmail.com

Aunque adopta la mayoría de los usos editoriales del ámbito hispanoamericano, SANGRÍA EDITORA no necesariamente se rige por las convenciones de las instituciones normativas, pues considera que –con su debida coherencia y fundamentos– la edición es una labor de creación cuyos criterios deben intentar comprender la vida y pluralidad de la lengua.

Edición al cuidado de Mónica Ríos y Martín Centeno.
Agradecemos las correcciones de Camila Soto Illanes.
Diagramó el libro Carlos Labbé.
El diseño de colección y de la portada fue realizado por Joaquín Cociña.

ÍNDICE

Para Mónica Ríos y los Labbé Jorquera

1
CLASES

La dirigenta va a sujetarse en la mano que le ofrece el auxiliar para subir las escaleras y no se apoya, aunque pareciera que lo hace. Su brazo se levanta o bien desciende mientras camina escaleras arriba, rumbo al vagón de primera clase. Así no toca al auxiliar cuanto dure el gesto de dejar en el aire su guante, que se detiene, queda y se va en esa otra palma agrietada, porque la de ella ha avanzado más rápidamente a la baranda hasta alcanzar la manilla que abre la puerta. La dirigenta agradece y le indica al siguiente auxiliar que disponga el equipaje en una esquina de su compartimiento con voz grave, aguda, intensa, callada; escucha con complacencia cómo lo que ha dicho tiene efecto solamente porque su resonancia elimina toda huella en el oído de quienes le responden:

—De nada, mi dama.

La dirigenta abre apenas la cortina de su compartimiento en el vagón dormitorio. La luz entra y le trae oscuridad de modo que nadie pueda divisarla desde afuera: no está ahí de pie abriendo la cortina, no ve nada por la ventana a pesar de que el andén se mueve en relación a ella con la cortina contra el vidrio. No toca esas lámparas, no se sienta en ese sofá y no fuma en esos ceniceros, que sin embargo se encienden, están mullidos y humean para alguien más que estará durmiendo bajo su nombre tras el cartel *No molestar* por toda la velada. Cierra la puerta, se queda o sale caminando sin que uno solo de sus pasos haga crujir el piso del pasillo hacia el coche comedor: nadie la ve, todos las ven; nadie sabe quién es ella, todos imaginan que más atrás le viene un acompañante. El único abstraído es el comentarista en su taza de matico hirviendo, quien de todos modos es el único que la saluda con un movimiento perceptible, inclina la cabeza y una mano suya levanta por instinto el sombrero que reposa en el asiento. Una irregularidad en los rieles hace que la dirigenta caiga con decisión en la mesa contigua, y enseguida lleva sentada una hora ahí; para el hombre que en el rincón cabecea frente a un semanario ella entró directamente al coche comedor en la estación de Temuco, y el cigarro de esa mano cristalina —sus uñas pintadas no le son aparentes— va a humear hasta Chillán aunque esté apagado. El comentarista dispone su taza en el posavasos, busca en el bolsillo, hace crujir un metal hacia su costado y la llama del encendedor oscila: no son marido y mujer, lo sabe el mozo con la servilleta en el brazo por el pasillo frente a ellos; llevan décadas juntos, está seguro de eso desde que los vio entrar por la misma puerta en la estación, aunque no fue así; son dos extraños que recién van a conocerse, él sabe al tiro cuando pasa eso y se guarda el pañuelo que acaba de pasarse por la nuca, cruza los brazos en el umbral del vagón, se prepara a adivinar: ahora él va a pedirle la carta de licores. El comentarista en cambio no quita los ojos de la infinitud de árboles que se trenzan por la ventana opuesta, no le sonríe a la dirigenta, ella no lo hace de vuelta y los dos reconocen sus gestos; aspira, pero no deja que el fuego llegue a la punta del cigarrillo; lo baja caldeado a la mesa él, y ella por costumbre deja salir el aire por una apertura nada más de sus dientes juntos aunque no exhale humo y se consuma dos, seis, la cajetilla entera entre sus dedos.

—Un araucano, si es tan amable.

La dirigenta levanta mano y voz hacia el mozo, y nadie más que el mozo considera la de ella una orden: ya dispuestos en la mesa los cubiertos, la servilleta, el licor y el pocillo, cada una de sus palabras anotadas en la libreta irán a dar efectivamente al basurero de mimbre del vagón cocina.

—Al natural —agrega ella—. Y aceitunas aparte.

Al cabo, la quietud con que la dirigenta mueve las páginas de eso que ha traído, que lee y no lee, que es libro y también magazín, apenas propaganda, se diferencia siquiera de la paz con que el comentarista en la

17

mesa del lado mueve la cabeza de un árbol a otro entre el atardecer con lluvia de su ventana, con que ladea la frente hacia tal o cual cerro, y el sobresalto que dan sus hombros junto al metal irregular cuando pasa el tren es recibido por el claro que de repente se abre en el vidrio, rápidas casas de adobe, perros, niños que dejan el barro y corren con expresión urgente hacia el expreso hasta que irrumpen violentamente las maderas del puente ferroviario y entonces se abre el valle, vuelve con el tra-queteo el rumor que nunca dejará de escucharse; en un parpadeo pareciera también que todos ahí se igualaran en la sordera, en sus trajes desgastados ante el vestido crema o violeta o colorado o a lo mejor la falta de vestido para los distintos hombres que no miran ni dejan de mirar a la dirigenta en el coche comedor: ella se ha quedado toda la cena y aún sigue ahí leyendo qué, ella no ha salido desde su compartimiento pero se sabe que subió en primera clase, y cuando le traen el corto de licor su pie en el zapato brillante, maderoso, invisible al extremo de esa pierna larga –también ha estado observando sin hacerlo el mozo– obstaculiza el paso y él se viene al suelo, la bandeja salta con servilletas, vaso, libreta y estrépito, y cae encima de la figura indiferente de la dirigenta que no deja salir un grito ni una exclamación, tampoco un quejido, ni siquiera se lleva las manos al torso mojado, sólo su voz aleja enseguida algunas palabras como ese fogón entre las cuatro casas que acaban de pasar por la ventana, como el farol de una estación rural y ese alguien que sostiene el farol con cansancio, aun si el expreso no se detendrá para los ojos del comentarista que siguen en la ventana tales palabras, la voz de ella que ya todos olvidaron –no recuerdan siquiera que hubiera habido una mujer en el coche comedor esa noche en que el comentarista viajaba a la inauguración del Mundial en Santiago– y que decía:

–No es importante. Por favor. Sólo tráigame un cortado doble, sin azúcar.

Ha caído la noche en los paisajes afuera, apenas brilla un punto a lo lejos en lo alto que puede ser lo mismo la nieve en un volcán o un montón de estrellas o un cacho de luna que viene saliendo por la cordillera, tal vez otro farol de una estación remota; la dirigenta inclina lo que lee y acaso solamente da vueltas las páginas de ese mamotreto, las cuales ya no aparecen empapadas de licor araucano bajo la luz central del coche comedor, brillando en el hilo negro de las cortinas, en la ventana del comentarista que las tiene aún abiertas, cuando una cigarrera plateada en la mano de ella lo termina de encandilar.

–¿Se le ofrece uno?

El comentarista mueve la cabeza arriba abajo, ella está ahí quieta aunque no lo mira, tampoco se ha quedado su imagen contra el vidrio –el mozo ya vino a cerrar la penúltima cortina–, ni le hace caso a las páginas manchadas que sus manos de uñas rojas, negras, púrpura –qué escándalo, sin pintura– no dan vuelta. Ella lee la tapa por enésima y primera vez con los ojos de él: *Quién es quién, Deportivo mundial 62 / World Football Who's Who 62.*

–Puedo prestársela –deja de decir la dirigenta apenas–. Antes que la despache con el muchacho a la basura. Está empapada.

Sólo el comentarista puede oírla, y porque la voz de ella se le desvanece no sonríe.

–Muchas gracias.

La dirigenta parece levantar el libro con dos dedos, a pesar de que se apoya en el asiento y fuma, o quién sabe si lo mira a los ojos. No sonríe.

–Faltaba más.

Para el comentarista ella puede estar bajando la mirada y a lo mejor alarga los ojos, a punto de abrir la boca con un sonido alegre, pero la luz central del comedor es insuficiente en medio de la lluvia que golpea el techo del expreso del sur.

–Todos los mozos se caen.

Ella por fin debería soltar una risotada; lo hace cuando el sonido se pierde en el ruido continuo, y agrega:

–Por mí que todos los mozos se caigan al mismo tiempo.

El comentarista se gira en su lugar. La dirigenta efectivamente ha estado sentada en la mesa contigua a la suya en ese coche comedor durante la víspera de la inauguración del Mundial.

—Por mí que todos los mozos se caigan al mismo tiempo, pero no con sus bandejas encima mío.

El comentarista al final la podrá ver, y el movimiento —que ella está escamoteándole— de apretar un poco los labios, abrirle los ojos, ensancharle los pómulos, decirle que sí tiene que verla a esa hora en la cual los pocos que no se han retirado a inclinar la cabeza en sus asientos de segunda clase se han emborrachado, y los compartimientos de primera son demasiado costosos para volver tranquilamente ahí por los pasillos de luz amarillenta. La dirigenta sí sabe que él es el comentarista, no hay posibilidad de que ella no lo sepa.

—La verdad es que no soy aficionado a leer con este bamboleo.

—No hay qué leer en este testamento, la verdad. Son sólo nombres. Listas largas de nombres y números que no le importan a nadie.

Dos hombres juegan a la brisca con las camisas arremangadas y cuatro copas vacías, tres mesas más allá. Empiezan a hablar más fuerte para que sea notorio que están ahora atentos a esos dos pasajeros silenciosos, y para el mozo que fuma en el entrecarro, para un pasajero más que insiste en el crucigrama del vespertino, para los cuatro comerciantes que luchan por quitarle la palabra a sus camaradas entre habanos y aguardientes, para el mayor borracho que no está tomando, dormido sobre un plato, la dirigenta pasa por el pasillo, no habla y sin embargo está ahí como mujer sola, lejos, tratando de convencer de algo a ese tipo aburrido; es tan inverosímil lo que no pueden ver obsesivamente que la conversación entre ellos pierde lugar, mímica de algún recuerdo que les aviva el ritmo de la larga noche ferroviaria, eco en el traqueteo hacia las mujeres que les hablarán en las casas de donde vienen y adonde van, distintas y la misma, evocación aguda que traen los chirridos de la rueda metálica contra el riel, de la puerta oxidada del coche comedor cuando el mozo vuelve a entrar, entumido, la campanilla de una última mesa que ha quedado vacía, un gritito olvidable que ellas no darán, una respuesta segura que no pueden traducir:

—Y no le digo esto porque no me interese el football. Me gusta, pero no por el hecho de que sean veintidós tipos simulando correr detrás de un pedazo de cuero. Mire.

La dirigenta se levanta y se sienta en la mesa del comentarista. Nadie lo nota, nadie ve que su movimiento no admite interpretación; todos la miran. Ella se queda. Su bolso y la cigarrera plateada siguen en su propia mesa, así que se olvidan de la mujer: sus movimientos son distintos a los de ellos, viaja sin compañía y piensan que habrá otras idénticas en todas partes. Las miradas de los pocos que van quedando sobrios en el comedor no buscan más a la dirigenta, será que ya no está sola en el coche comedor del expreso de Temuco a Santiago con las cortinas cerradas bajo la lluvia.

—Sólo títulos, cargos, estatutos, comisiones. La actividad física de estos sujetos es mínima. El juego está totalmente diluido en estas páginas. Usted es aficionado.

—Naturalmente.

—Fíjese. Sólo tres fotografías de un team, y ni uno solo de los players aparece retratado con un gesto corporal en la cancha.

—Tampoco el balón sale una sola vez en ese instructivo.

—Sí. Sé que a usted también se lo enviaron.

Los ojos del comentarista y de la dirigenta no alcanzan a cruzarse interrogativamente, antes son borrados por las miradas de quienes los observan y no los ven ahorrarse gestos, evitar imponer nombres con apellidos, ni siquiera algún apodo, apenas sus oficios encima de la mesa junto al cenicero, la taza, el vaso y la copa; sobre todo sus manos, que no se han quedado bajo la mesa ni exhiben gesticulaciones a la cara y a plena vista de los otros.

—Déjeme decirle algo —continúa la dirigenta—. Los players tienen la ventaja de poder patear con toda la rabia que acumulan una posibilidad que se les viene encima muy rápido. O le entregan la tarea a un compañero. Pero ni usted ni yo podemos devolver con un simple puntapié el ofrecimiento de alguien. Ellos rechazan eso redondo brillante que les ofrecen, miden el odio que volcarán en el golpe y aciertan. Por eso a tanta gente, a los patipelados como a los funcionarios de corbata, también a los borrachines pijes que están organizando este Mundial les interesa el juego. Incluso si nunca han puesto un pie en una cancha de tierra.

El brazo del comentarista ya oscurecido a esa hora recorre la superficie mientras habla su interlocutora, sólo él la escucha porque entendió que ella viene a decirle algo específico aun si no ha salido de su compartimiento de primera clase, como fantasea el auxiliar que camina por ese vagón. Pareciera que el comentarista estuviera limpiando la superficie de la mesa cuando le responde, después de empinarse el último sorbo de su taza.

—Cualquiera diría que usted juega al football.

Cuatro dedos rápidos de la dirigenta anuncian que en cualquier instante se levantará hacia su compartimiento, donde los pocos ahí que no la observan pasarían a imaginársela por el pasillo directamente a los baños de primera, que a esa hora nadie vigilaría porque son más amplios, tienen agua y sobre todo espejos. El gesto de sus cuatro dedos es preciso: va tomando el pocillo con los cuescos de las aceitunas, el corto ya vacío, el servilletero, el encendedor metálico, la cajetilla semiarrugada, el cenicero hediondo, y los ordena.

–Cualquiera diría que usted jugó al football cuando chiquilla.

–Nunca nos han dejado. Nunca, a menos que sea entre nosotras. Incluso yo me hacía un moño antes de convertirme en mujer, me ponía un gorrito de lana, pisaba la pelota y me barría al suelo, le ponía la suela en las canillas al más rápido y recibía los planchazos frente al arco sin quejarme. Pero al final siempre tenía que acercarse el muchacho dueño de la pelota a hablarme en voz baja, a guiñarme el ojo, que por qué mejor no conseguía unas Bilz para la próxima, o me pedía que lo ayudara a hacer una pelota nueva, una mejor con pilchas de mi casa, o que le llevara a mi mamá una media que se le había descosido, o que le tocara la herida en la pata. Nos huelen y se inhiben, entonces forman sus clubes y se ponen furiosos de otra manera porque pierden. Aprenden a actuar cuando hay una cabra chica en la pichanga, se ven a sí mismos desde afuera en la mirada de ella, quieren ser el muchacho dueño de la pelota para acercarse al final del partido al niño delicado. Todavía de viejos, sentados, armando comisiones, directorios, comités y secciones, la aceptan a una en la mesa solamente porque se quieren en la portada del diario donde por posición no pueden estar, y para ellos nada más la mirada del que no juega convierte en foto lo que ve.

Cada uno de sus dedos muestra en su uña el color de la oscuridad en el vagón, sólo el reflejo de la luz central —que ha bajado su intensidad— en los objetos de vidrio. Mesas más allá los borrachos adivinan las cartas que el compañero de enfrente esconde, pero no pueden decidir a simple vista si esa mano de ella está pintada, si es la izquierda o la derecha, o —esto les parece fundamental— qué hace la otra suya, si está arriba o abajo de la mesa.

—Sus colegas le dirán que no —continúa—, pero en cada reunión de caballeros el que habla busca ser escuchado como si la radio estuviera encendida y alguien más lo relatara.

El comentarista evita mirarla. Baja la vista y encuentra que el pocillo, el corto, el servilletero, la taza, el encendedor, la cajetilla, el cenicero conforman cuatro líneas. Ahora son objetos, fichas, piezas homogéneas que le hacen una pregunta inaudible en la voz de ella, y que apenas se acerca se aleja con el vaivén del tren. Entonces la interrumpe:

—¿Por eso decidió hacerse dirigenta?

Sus uñas están pintadas de negro, es la única posibilidad en la noche. Su mano está bajo la mesa y recorre lo que no se ve para el hombre que tres mesas a la izquierda cabecea su impresión contra la cortina, pero no duerme. Su otra mano quita una de las fichas de la mesa, el arquero.

–Claro. Para adueñarme de la pelota. Pero esa fue una idea infantil mía, una idea peregrina que me hizo meterme en la logia, en el club, en la mesa del salón. Lo cierto es que la pelota tiene un dueño y el estadio tiene otro dueño. Esos dueños se ponen de acuerdo para traer desde la cancha de tierra a algunos players que hagan producir excedentes a la pelota y al estadio. La radio, en pocos años la televisión, tiene otros dueños más que ofrecen a estos primeros una sociedad para aumentar el espacio del negocio a cualquier territorio, hasta ocupar incluso los ojos y las orejas de la gente que corrió de chica detrás de esa pelota de trapo en la polvareda. Los ojos y las orejas de toda esa gente son propiedad de los mismos que nunca dejarán a una mujer entrar ahí, a menos que esté medio pilucha y entre sus brazos levantados haya un cartel.

–Entonces usted ya sabe por qué me negué a trabajar en la televisión.

La dirigenta quita otras tres piezas de la mesa, luego cuatro y dos más cuando se acerca el mozo con su bandeja porque quiere irrumpir en ese opaco intercambio de miradas, porque la mujer aquí tiene que hablarle. El comentarista pone su mano sobre la última ficha, que es la de ella. La dirigenta la quita.

—Este es el centroforward —continúa el comentarista—. Mete los goles y no es capaz de hablar con la prensa, ocupa las portadas de diarios y revistas, es un bruto pero las atenciones de los dueños van a él. Los niños y las niñas en esa cancha de tierra que usted dice gritan su nombre con su apodo cuando meten un gol. Pero el centro forward está solo y no anda. Ahora quieren hacer que el juego sea un espectáculo solista, con cámaras en primer plano y reporters que le cuelguen alabanzas a la figura cada vez que toca el balón.

—De acuerdo.

—Quieren, siguiendo lo que me dice, hacer de cuenta que en la cancha también hay uno o dos dueños del equipo para romper ahí además la posibilidad de organización horizontal, la importancia de la comunidad, la mera idea que se les vuelve peligrosa cada cierto tiempo.

—Por eso me hice dirigenta.

—Quieren borrar la palabra «team» y reemplazarla por el genérico castellano «equipo». Los adictos y aficionados se volverán seguidores y espectadores que asumirán al principio el plural implícito en la palabra equipo, aunque luego se acostumbrarán a que equipo se refiere a las partes singulares de una maquinaria. Eliminan en este mundial el team como lo están haciendo con los sindicatos, los colectivos pesqueros, las cooperativas

28

agrícolas, la pequeña minería, los grupos obreros, los movimientos literarios, las ligas estudiantiles. Ahora importarán los primeros planos del player, de la estrella; el relator incluso se alzará como figura en vez del equipo comunicacional, y al mismo tiempo le ofrecerán una columna en un matutino de poca monta para que así dure cincuenta años y cuando se muera lo reconozcan como fundador del periodismo chileno; capaz incluso que le pongan el nombre de ese columnista al estadio en Campo de Sports. Otros columnistas habrán ocupado el lugar que hoy ocupan poetas y narradores, pero sólo uno entre ellos será elegido como el protagonista, uno nada más en la historia: uno el libertador, uno el prócer, una la ciudad capital y uno solo el país.

—Por eso me hice dirigenta.

—Y yo por eso renuncié al relato deportivo.

El tren se sacude cuando baja un cerro, pasa el puente, entra en un bosque y sale al poblado donde nadie le dice expreso, sino varios nombres imposibles para el idioma de esta conversación nocturna.

—Justamente de eso quería hablarle.

Y al sacudirse otra vez los rieles, la única ficha que ha quedado sobre la mesa que comparten comentarista y dirigenta cae al suelo, rueda por el pasillo y, ya no cenicero, vaso, encendedor ni taza, va a dar en el intersticio que separa el coche comedor del carro de segunda, queda suspendido en el aire como objeto inútil –sin nombre– por un momento antes de hacerse pedazos contra el suelo pedregoso de la vía férrea.

–La escucho.

La dirigenta abre la boca y resuena cristalina una lluvia que cae contra el techo del vagón, una lluvia que deja de caer en ese momento para camuflar su risa. Deja de llover y a ella viene la mirada del comentarista, sorprendido por su reacción a destiempo sólo porque no puede ver que desde atrás suyo se han levantado los cuatro comerciantes, que dejaron su partida de brisca y vienen azotándose contra las mesas hasta que pasan frente a ellos, la mano en el sombrero, la segunda mano en los labios flatulentos, la tercera en el borde del pantalón y la cuarta en la billetera que apenas se cierra; tanto se están afirmando para no caerse que no pueden ver en este momento otra cosa que un pasillo estrecho, la única cama de sus compartimientos, la oscuridad que los toca, tal vez una agüita de manzanilla al amanecer para olvidarse de lo que haya pasado ahí y recuperar el estómago cuando esas dos, las únicas sombras que se movían en el coche comedor, se hayan perdido también por la estación ferroviaria de Santiago.

En ese momento el mozo deja de mirarlos. Sólo ve unas tres horas de posible sueño en el suelo caliente del vagón cocina.

—Pueden quedarse lo que quieran, pero estamos cerrando el servicio.

—Sería todo. Muchas gracias —se demora en responder la dirigenta, alargando hacia el hombre los dedos en un movimiento instintivo donde lo que sobresale no son los pálidos billetes, sino sus uñas, que según él definitivamente están pintadas de morado.

—Para servirla.

El mozo entiende. Inclina la cabeza, evita arreglar la última mesa —la del borracho que se han tenido que llevar entre dos a un asiento de segunda porque no fue capaz de articular su nombre o número o apellido u oficio, y deja cerradas tras de sí las puertas del coche comedor.

—Voy a ser directa. ¿Cuánto o qué necesita para volver al relato deportivo? Lo necesitan para nuestro desempeño en el campeonato y yo lo necesito. Son dos cosas distintas, sirve una sola respuesta. Hemos hablado ya con los de la radio, están dispuestos a cambiar los planes para que mañana mismo usted esté en la caseta para cantar el Chile-Suiza. Serán seis matches, los fondos reservados son generosos. Incluso puede usted dejar descansar la garganta en el tercero si, como me han dicho, le viene esa afonía con el invierno polvoriento de Campos de Sports, cuando el seleccionado nuestro ya clasifique. Se lo haremos saber a tiempo, pero le adelanto que hay una opinión que considera fundamental que Chile pierda ese tercer partido con Alemania.

—Un momento. Usted asume muy rápido que yo no estoy sorprendido por su ofrecimiento.

—Es que no es un ofrecimiento. Es algo bastante menos cortés.

La dirigenta se ha incorporado. Ya no tiene que dejar de moverse a la vista de otros, ahora sus huesos y sus piernas y su cintura y su escote y sus hombros y su cuello y su pelo y su cara y sus manos aparecen ahí en la mesa frente al comentarista porque nadie más va a registrarla para que inmediatamente se le borre, de manera que está de pie, se apoya en la mesa y abre la cortina. No le importa más que el comentarista pueda mirar la forma entera de su cuerpo desde atrás, a través de la ventana es imponente la cordillera que aparece entre nubes que se retiran ahora claras contra la noche, luego desaparecen y la noche está completamente iluminada por una luna.

—No vengo de parte de la Federación a hablarle. Tengo un mandato del Ministerio, firmado directamente por el Presidente.

El comentarista se concentra en el vidrio y mira la espalda de la dirigenta, las cortinas entre sus uñas que han empezado a crecer y dejan breves espacios desnudos en la base. Se quedan sin respuestas.

—Mire eso —dice él.

—¿Ese caballo?

—No es un caballo. Dése cuenta que está lejos. Parece uno por la forma y no es.

—Es un caballo amarillo. No me lo puedo creer. Blanco, sí. Va tan rápido.

—Por eso. No hay caballo que corra tan rápido. Vea bien.

La dirigenta se convence. No está mirando por la ventana, sino al cuerpo que tiene enfrente.

—Es un enjambre enorme de luciérnagas de San Juan. Hace tanto tiempo que no veía algo así –agrega él–. Y ahora se vuelven un arbusto en llamas que rueda.

El cambio de color de eso que están mirando es sutil; la dirigenta sabe que ninguna transformación es impresionante –la cosa que los sigue a través de esos potreros a tanta velocidad no lo es–, sino tenue. Sólo así, de a poco, se logra alcanzar una forma que parezca definitiva.

—Y ahora se van a acercar.

La masa luminosa en otro color de repente aumenta de tamaño, es la perspectiva lo que hace crecer, bailar ante la ventana a una miríada de insectos lentos por el peso de una minúscula luz que ágilmente se vuelve a combinar en una forma vertical, frondosa –una más entre las cientos que se suceden en el paisaje incansable de la noche despejada ante el tren expreso–, pero iluminada cuando el comentarista puntualiza:

—Y ahora hacen un árbol.

Cuando su voz sube un poco la intensidad para agregar que finalmente las luciérnagas de San Juan se dispersan, en un parpadeo el cielo se cubre por completo de estrellas —pero hay luna esa noche, y están pegadas al vidrio durante el instante en que el dedo medio del comentarista percute contra su pulgar en un chasquido, según el cual los bichos se dispersan y el paisaje vuelve a una sucesión de matorrales, latifundios, casuchas, alambrados, tranques, basurales y carretelas. La dirigenta se refriega los párpados sin sueño. Suspira.

—Me doy cuenta —concede una vez sentada, y cierta arruga se le deshace en la frente— que con esta capacidad suya usted podría haberse dedicado a la política partidista. Su oratoria sería incendiaria o tranquilizadora, podría crear al pronunciarlas presiones populares multitudinarias y disolver marchas en el acto.

—Se equivoca. Yo no puedo mentar palabra sobre movimientos con los que no tenga más que una relación distante. Lo que yo hago, mi oficio, no es cuestión mágica. Ahí de donde vengo la gente lo hace cada día, y sé que hay rincones en otras provincias, en otros países indoamericanos, en el África, incluso en lugares menos poblados del norte, y en los desiertos y playas de las Asias y en páramos oceánicos, donde es normal que el mero hecho de hablar se haga parte de la coreografía alrededor.

Un hombre de negocios cubano me dijo una vez que los laboratorios comerciales yanquis ya están aplicando con éxito un plan para controlar los movimientos de millones y millones de personas a través de la vocalización. La clave para ellos es el ritmo del habla, y para eso están vendiendo radios y televisores con sistemas de amplificación donde lo principal son los sonidos graves; música popular, la llamaba el cubano. Vea lo que está empezando a pasar con el twist y el rocanrol en los salones del centro de Santiago.

—Es parte de un proyecto mayor.

Las uñas ahora nacaradas de un brillo oscuro ante la tenue iluminación escarban la cajetilla sin cálculo, de repente los movimientos de la dirigenta se vuelven lentos porque la mirada de su contraparte parece haberse quedado con la simetría entre su urgencia y el paisaje que no se detiene, sombra tras sombra, follaje tras follaje, árbol tras árbol, madera tras madera, palo tras palo, astillas, papeles, fuego, humo. Son sólo dos pasajeros a esas altas horas de la noche en el coche comedor; un gesto de ella escamotea una u otra ausencia y se permite tomar desde esa otra mano el encendedor ofrecido, que él suelta a tiempo para que con el resto de las uñas brillantes ella encienda dos cigarros y le pase uno mientras continúa diciendo, el humo entre sus palabras:

—Un proyecto tan grande que un montón de guatones dirigentes locales jamás podrá entender. Ni siquiera la parte del organigrama que los incluye.

El comentarista vuelve a dar una fumada primera a su cigarrillo, escuchándola. La luz central del vagón se apaga justo cuando un riel en mal estado se une con otro irregular, de manera que el silencio se suma a la oscuridad y les impide que quieran incluso preguntarse si el corte se ha debido a un desperfecto —en cuyo caso en cuestión de segundos empezarían las carreras entre vagones, las linternas, las voces que llaman a la calma y los chillidos—, o bien a un intencionado accionar del interruptor desde la locomotora para que quien sea que continúa ahí en el coche comedor se sienta fuera de lugar y se dirija de vuelta adonde el cansancio, el sueño, la falta de curiosidad de los mandamases ferroviarios de turno consideran adecuado guarecerse a esas horas.

—¿Quiere decir que es un proyecto sin estructura siquiera, que no se desarrollará en el espacio sino con el tiempo?

—Exacto. Usted lo ha dicho: el tiempo. Eso que los enemigos locales de nuestro gobierno y los mecenas extranjeros de nuestro gobierno, los dos juntos y por separado, llaman la Historia; el progreso que se desata hasta su punto de inflexión.

—Y usted, que trabaja para ambos, necesita mi relato en el Campeonato Mundial de Football para precipitarlo.

36

—No se equivoque.

La dirigenta aspira con fuerza su humo, y cuando lo hace una cara suya se ilumina por primera vez entre el manto de oscuridad que ha cubierto el ferrocarril. Esa mirada con la del otro permanecen en el reflejo de esas facciones diferentes en el ventanal, luego sólo es la de ella atónita porque una polilla al otro lado toca el vidrio en busca de la punta incandescente de su cigarrillo; sin embargo, el tren va avanzando a una velocidad imposible para el vuelo de cualquier insecto nocturno.

—Póngame atención, le pido.

Un parpadeo de complacencia del comentarista antecede a la descomposición de la polilla en una multitud de bichos minúsculos que, en cuanto se detienen, se dejan arrastrar por el viento y se pierden de vista.

—Perdón —dice él.

—Necesito su relato no para el Mundial de Football, sino exclusivamente para el seleccionado chileno.

A falta de un cenicero los conversadores en la oscuridad han empezado a formar un montón de residuos al centro de la mesa y, aunque no lo pueden ver, saben que si alzan la voz, si suspiran o si se les escapa un resoplido, ensuciarán a quien tienen enfrente.

—No basta con que la clase media esté por fin entendiendo lo que es endeudarse y pedir crédito para acceder a tocadiscos y televisores; no es suficiente que nuestra masa trabajadora de una vez esté compuesta por individuos semiautónomos que cantan y bailan, no alcanza con ese más allá de la consciencia que les produce el twist y el rocanrol, la música popular que usted me dice. El consumo irracional y la sujeción erótica ocurren sólo cuando hay un marco colectivo fuerte, mayor, arbitrario, competitivo, pasional.

–¿Se acabó el efecto de las guerras contra Perú y Bolivia, entonces?

El montón de ceniza al centro de la mesa se aplana.

–Fue importante. Claro. Pero los mecenas extranjeros de nuestro gobierno ya no toleran bagatelas en el negocio de las guerras. Quieren monopolios. Van a proponer que nos asociemos a los colegas trasandinos, pero ellos a su vez están siendo dirigidos a los brasileños para armar algo entre sí, tal vez para repartirse el Uruguay. Desde que las cosas se salieron de programa en Europa central no son viables comercialmente esas guerras nacionales del siglo pasado. Además, quién quiere de nuevo a los ingleses y a los yanquis apernados en los pueblitos, y sin un solo impuesto.

El traqueteo del tren entonces se hace más suave, y ese ruido constante, su falta de ritmo, reduce el diálogo a un momento en que duermen, se adivinan las formas corporales de madrugada o se quedan mirando fijamente la luna, a veces un montón de agua por la ventana, un río, un tranque, una acequia, la poza que quedó de la lluvia en un parpadeo.

—Es claro que usted ya sabe por quién he votado en los últimos veinticuatro años. Conoce mi origen, y que nadie quiere pronunciar mi segundo apellido. Sabe de qué manera se burlaban de mí en la Normalista, por qué me salí. Ha escuchado la manera en que pronuncio la ch, la tr, la u, la ng. ¿Con qué objeto me prestaría yo a hacer de los chilenos una raza aun más prepotente, ciega y sorda?

—Porque usted igual que yo sabe bien que no existe tal cosa como una raza; menos una raza chilena, un Chile y unos chilenos. Porque lo que quiero pedirle es que con su relato los ponga al borde del éxtasis colectivo, en la orilla del clímax nacional, a punto de la maduración íntegra y masiva de una identidad a prueba de clases, orgullosa, indefinible, trabajadora, entusiasta. Con su relato el seleccionado llevará esa idea de que existe algo como Chile a la inminencia que alcanzaron los hermanos trasandinos hace una década casi, a ese estado donde supieron llegar los prusianos con su idea de Alemania. Y cuando esos aficionados hayan visto por fin ese borde, esa orilla, en vez de indicarles el camino que sigue subiendo usted los empujará para que caigan. Necesitamos perder justo cuando vamos a lograrlo, que quede como impronta de nuestro pueblo la certeza de que tuvo al alcance de la mano su realización y la dejó ir. No queremos que este país se convierta en Brasil, México o China.

—Lo veo.

Por la ventana del tren el borde de los cerros ha empezado a marcarse de azul. Las manos de la dirigenta recogen la ceniza del tabaco, la amontonan, forman ínfimas líneas que admiten la posibilidad de una forma arquitectónica a escala desde la altura: un laberinto, un estadio, un búnker, una isla, el interior de la Casa de Moneda, circunvoluciones del cerebro, una trama densa de calles que cuando su plan se cumpla empezará a llamarse autopista; en sus dedos la pintura de uñas parece también palidecer como el alba.

—¿Y qué le hace pensar que tal cosa no será otro germen, una causa más de eso que tarde o temprano va a explotar en una violencia imparable contra los palacios de Santiago?

—Sabía que nos entenderíamos —acota la dirigenta.

Y las manos se le cruzan sobre la ceniza, inesperadamente abiertas. Su cara por fin empieza a iluminarse ante la del comentarista, que no refleja nada todavía y no sonríe, pero que oyéndola vuelve a llamarse el relator.

—Hace varios años —sigue ella— trabajaba yo en la sede de Ferrobádminton, en Estación Central. Un día, de vuelta a la casa de mi familia, caminando hacia el paradero en medio de los piropos, las amenazas, los susurros y los manoseos como siempre, decidí irme por una de esas calles pequeñas que están casi dentro de los andenes, una que ya no tiene nombre porque lo han cambiado tantas veces. Era pleno invierno, como ahora; estaba oscuro, pero no hacía frío, había match de box y las fuentes de soda estaban repletas de borrachos pendientes de la radio. Me di la vuelta para evitar a un grupo de estudiantes, giré por un callejón y ahí vi por primera vez a una persona cuyo nombre tampoco mencionaré: fumaba en la puerta de un conventillo con los ojos abiertos, pero sin mirar. Más joven que yo, era la persona más bella que jamás alguien viera. Tanta fue la impresión que no podía detenerme, así que seguí mi rumbo hasta el paradero. Desde ese día hice ese recorrido engorroso todas las tardes en que trabajé en esa sede, con la esperanza de volver a ver a esta persona. Fueron cinco años, cada tarde y cada mañana, sin encontrarla. Hasta que un día como cualquier otro perdí las esperanzas, me cansé, me confundí y tomé una ruta distinta; cuando fui a sentarme en el trolebús, muy triste, alguien de voz desconocida ocupó el asiento a mi lado. Me sorprendió su voz: era esa persona. ¡Qué sorpresa encontrarla aquí!, me dijo. Yo pensé que usted vivía cerca de la Estación Central. Siempre la veo pasar por el barrio, continuó. La miré. Quise tocarle la cara, decirle que la estaba buscando todo ese tiempo, tal vez podía importarme un carajo los que estaban alrededor por un momento, pero en cambio me encogí de hombros, levanté las cejas y me bajé en la siguiente parada. Nunca más la vi. ¿Y sabe usted por qué no le respondí una sola palabra?

—Por favor dígame.

—Porque soy una dirigenta, no un dirigente. Porque mi nombre ya está siendo borrado de las actas del Campeonato Mundial de Football. Porque aun si me hubiera atrevido a tocar siquiera a esa persona jamás habría podido en público hacerle lo que quería, lo que me arrebataba: eso que cualquier hombre, incluso el más atorrante, puede llevar a cabo sin ningún problema en cualquier esquina, en un sitio eriazo de cualquier pueblo o al borde de algún camino perdido en pleno campo sin que nadie vaya a sorprenderse realmente de que fue capaz de actuar así.

El golpe de la puerta oxidada en el coche comedor interrumpe entonces la conversación. Un auxiliar de viaje en uniforme, afeitado, oloroso, les da los buenos días, anuncia que en cuarenticinco minutos estarán llegando a destino y les pregunta si debe enviarles al mozo con el desayuno o bien prefieren retirarse a sus compartimientos para descansar.

2
MURMURACIONES

En el Estadio Nacional acá, sobre los Campos de Sports, seremos un pueblo de ochenta mil: así los aplausos ante las combinaciones del seleccionado nuestro, mi fiel oyente. Con silencio vamos a oponer nuestros gritos a los cúmulos y varianzas del otro equipo. Convertiremos esta semifinal de la Copa del Mundo de Football en pifias, en un sinfín de patadas, en alaridos, en ovaciones, en el mutismo de ochenta mil que correremos con los veintidós nuestros de allá abajo, con los veinticinco ahí sobre el pasto, y ojalá que por un rato calentemos el cuerpo expuesto al chiflón de este invierno, el mismo chiflón de tantos otros inviernos nuestros.

Empezaremos moviendo los pañuelos. Revolotearán los fotógrafos ante las formaciones, escucha mía expectante, brazos en alto el seleccionado nuestro en su uniforme rojo y blanco contra el rumor de esta galería, y tímida esta silbatina ante los brazos que no terminarán de cruzarse, las caras del once brasileño que seguirán sonriendo ante el pelotón de flashes en busca de su foto oficial. En la tribuna, eso sí, nos importará más la distribución del rojo de la camiseta y del azul de las medias; el blanco del pantaloncillo nacional, uno solo por lo ancho del campo, guiará la inclinación de nuestros pañuelos y nuestros cojines bajo la montaña que corona de nieve este miércoles, décimotercera tarde del mes de junio durante el año 1962 de la era cristiana. Allá su palco en cambio, mi oído alerta, ofrecerá aún las poltronas vacías.

Nuestro encuentro empezará con las evoluciones del seleccionado de Brasil, actual campeón del mundo. Los delanteros Vavá y Garrincha, para usted que ausculta, esperarán el pitazo del árbitro limeño Yamasaki Maldonado. Al recibir la pelota por parte de Garrincha, Vavá la hará retroceder. Los otros ya estarán formados alrededor suyo. Zito la querrá lanzar a Zagallo, que la va a perder ante nuestro defensa Raúl Sánchez. Éste nos verá adelante a Eladio Rojas, querremos que a él llegue su golpe a la pelota cuando antes Didí la va a recoger y verá de nuevo a Zagallo, que irá por su izquierda. Le pasará la pelota pero será débil el golpe, así que de entre nosotros el Pluto Contreras entenderá y la va a recuperar, con el tiempo suficiente como para mirar alrededor: en Eyzaguirre vamos a empezar a correr por el borde a la derecha nuestra de la cancha, sabremos que al costado –a izquierda suya, escúcheme– y más atrás vamos a esperar algún error o la anticipación de los contrarios por medio del compañero Raúl Sánchez, y que al mismo tiempo en el centro, unos pasos adelante, con Jorge Toro tal vez podremos recibir de mejor manera la pelota, a pesar de que se acercará inmediatamente Zagallo por el mismo sector a quitárnosla y ya lejos, tras el borrón negro que será el árbitro, nos moveremos más difusos con el lateral izquierdo, el guerrillero Manuel Rodríguez, y nuestro wing a su mismo lado de la cancha, Leonel Sánchez. Aun así el Pluto nos va a pasar la pelota a Jorge Toro, con quien la enviaremos rumbo a nuestro wing del otro extremo, Jaime Ramírez Banda, y éste nos la entregará de vuelta a Jorge Toro. Corriendo todavía con él levantaremos el pie, la recogeremos y la daremos entonces al compañero Eladio en el centro de la cancha; la superficie irregular del pasto querrá impedir que nuestro mediocampista lance la pelota aceleradamente, así que esperaremos que los colegas se alejen, se acerquen, se entreveren, nos sugieran un pase, le diremos que no vamos a decidirnos por ninguno y que los players canarios serán más en esa parte de la cancha; se van a mover simétricamente para apurar nuestro pase, de manera que la trayectoria será predecible, demasiada potencia imprimiremos hacia nuestro delantero Honorino Landa, atenta oreja la suya, de manera que en el pase al tiro vamos a ser interrumpidos por Mauro Ramos, el defensa de los otros que de repente sabrá cómo Didí recibirá el suyo, quien a su vez va a lanzar la pelota a través del campo a su izquierda hacia Zito y sin embargo le pegará largo hacia Zagallo por sorpresa, porque éste tan rápido como sin pausa la alcanzará y la va a mandar donde Vavá en el centro.

El palco aún seguirá vacío, entiéndame. Hasta el lugar de Vavá correremos con el Pluto y con Jorge Toro para quitarle la pelota, aunque será fuerte Vavá; será insistente Vavá, pero igualmente se le va a estar escapando un poco la pelota a la izquierda y hacia adelante, adonde iremos con nuestro defensa lateral derecho Eyzaguirre a recogerla y estaremos con él mirando la disposición del equipo, así todos vamos a respirar profundo en busca de nuestra posición inicial en esa figura que apenas habremos delineado en el pasto. Al árbitro Yamasaki Maldonado, en cambio, le seguirá pareciendo que un poco antes nos va a haber visto pegar una patada a Vavá, el Pluto habrá sido, así que soplará su silbato para penalizar nuestra infracción con tiro libre. El otro delantero, Amarildo, será quien se agache y acomode la pelota, pero Didí por sorpresa vendrá corriendo desde más atrás para darle: la pelota se nos perderá encima del arco, la veremos irse en el aire, lejos. Y lejos todavía debe estar, óigame.

Con nuestro arquero Escuti colocaremos la pelota al borde derecho de esta área chica y a través de Raúl Sánchez se la vamos a dar a Eyzaguirre, con quien la pasaremos de apuro a Jorge Toro, y con él nos equivocaremos al decidirnos por ir con la pelota al centro del campo en busca de una perspectiva para dar el pase, pero Vavá nos sorprenderá, va a correr y le va a pegar rápidamente, con mucha fuerza pero sin dirección clara hacia nuestro arco, cuando sin embargo el árbitro Yamasaki Maldonado habrá interpuesto su silbato para señalar un foul del player rival a nuestro favor, una patada de Vavá sobre Jorge Toro y algunos aplausos esforzados nuestros al chesumadre del réferi, pese a la modorra de la tarde ñuñoína. También vamos a mirar de reojo a ese valé de chaqueta blanca cruzada que emergerá de una galería interior al palco, mantel igualmente limpio bajo el brazo y una caja con otros trapos relucientes, al momento que empiece a tender una pequeña mesa entre sus poltronas de cuero vacías y no le importe que el tiro libre haya sido a nuestro favor.

Raúl Sánchez lanzará la pelota desde la mitad del sector nuestro de la cancha a los compañeros con que iremos corriendo al círculo central. La pelota irá cayendo donde los canarios y el defensa de ellos Zózimo cabeceará con un salto hacia nuestro costado derecho, donde lo va a esperar Nilton Santos, a quien con nuestro wing Ramírez Banda sumado a Honorino enfrentaremos y, apurado, la querrá pasar atrás a Zito, que intercambiará lugares con Zózimo y la va a devolver en un solo toque hacia su lado de afuera a Nilton Santos, éste también rápido la hará seguir a Zózimo en el centro y la pelota sin pausa va a volver a Nilton Santos. Nos daremos cuenta de que habrán empezado con su figura, de la que tanto nos van a haber hablado: parecerá un zigzag, aunque sólo como coordinación inicial. Nosotros también tendremos la nuestra. Y esa figura de ellos continuará con el pase de ese defensa izquierdo hacia sus colegas en la avanzada canaria, un tiro largo que no alcanzará a detener el delantero Garrincha, porque iremos antes a interceptarlo de un solo cabezazo de Raúl Sánchez, con él seguiremos de nuevo por los pastos y cambiará el ritmo del minuto, algunos nos levantaremos de los tablones, mierda, porque vamos a poner la pelota a rodar en los pies de nuestro Honorino, y a trancadas con él correremos rumbo al área rival cuando Mauro Ramos vendrá con la pierna estirada y nos va a botar a Honorino al unísono con el silbato del árbitro; muy bien el saquero, el injusto, el vendido que se acerca, mano izquierda en alto, marcando la infracción y el tiro libre a nuestro favor. Escúcheme, eso sí: nos habremos levantado en protesta silenciosa, la mano empuñada y el brazo laxo hacia el jugador rival, hacia el valé que terminará de poner la última cuchillería sobre la mesa del bufé en esos palcos donde no querrá usted aún venir a que la veamos. Sólo escúcheme: mientras los otros estarán haciendo su barrera de contención nosotros vamos a distribuirnos estratégicamente, a la espera de lo que enviaremos con Leonel, wing izquierdo que con nuestros brazos en jarra, a quince metros de la pelota, nos va a observar, se preparará, respire, escucharemos el silbato y con él vamos a correr, los ojos de todos en el suelo ahora porque le querremos pegar tan fuerte, y en eso decidirá, él en vez de nosotros, impactarle con el borde interno de su pie derecho, entonces la pelota no se levantará lo suficiente como para evitar el salto de la barrera defensiva brasileña. Mejor volver a sentarse, por la concha, discúlpenos; el valé dejará el último cuchillo de plata en la mesa, la pelota de todas maneras seguirá su curso hacia el arco de ellos lentamente, y con nuestro centroforward Armando Tobar podremos recogerla si antes no la despeja Mauro Ramos, tan alto la va a lanzar que caerá en el lado nuestro de la cancha, donde sólo quedaremos los dos de la retaguardia cuidando a un delantero canario que correrá y correrá. Con Raúl Sánchez detendremos, sin embargo, el ataque de ellos y nos vamos a aplaudir cuando al ver un compañero por el borde, a la derecha en este sector, le mandaremos un pase recto y abierto hacia el wing nuestro Ramírez Banda, y no deje de escucharme, que así tendrá que empezar la figura que nos corresponde: una apertura lateral. El wing Ramírez Banda nos hará correr la pelota y la vamos a devolver hacia Eyzaguirre, un poco más atrás, al mismo tiempo que saldremos corriendo con el primero adelante, porque a él querremos devolvérsela. Nosotros los rojos ya iremos entendiendo por lo menos que existirá una figura; lo mismo va a pasar por un segundo apenas por la mirada del valé, que se habrá quedado erguido, una servilleta igualmente limpia sobre su brazo, rígido: la esperará a usted, oído atento, sabremos que va a llegar pero no con quién, con cuántos, por qué en compañía de ellos, usted que habrá pedido escuchar esto en la radio de su transporte.

En vez de Honorino, en el centro de la avanzada, vamos a seguir considerando pasarle la pelota al wing derecho Ramírez Banda, aunque esté cuidado por Zito y por Nilton Santos. Porque con Ramírez Banda querremos que nos salga de manera distinta hacia Honorino, y así la levantaremos desde la esquina derecha al centro del área canaria, sin embargo la pelota nos sobrepasará, va a superar la posición de Honorino y sólo se detendrá en los pies de Djalma Santos, en el control de los otros, en la inmovilidad del valé, de su colega y de otro más allá sobre el palco vacío, en un flujo ajeno que va a poder empezar varias veces en los pies de ellos, canarios, para llegar a los nuestros sin que entendamos cómo construir ahora un movimiento colectivo. Solamente tendremos que ponerle atención a nuestro arquero Escuti, a nuestra pasividad, a la pelota que, lejana, se nos va a ir y va a venir sin precisión ni compromiso porque sólo usted estará oyendo esto, porque no nos hará usted caso, porque el transporte colectivo de lujo aún no se habrá estacionado.

Una vez más la recuperaremos bajo los pies del defensa Raúl Sánchez, roja la mancha en cada uno de nuestros pañuelos blancos, en estos pastos, y la vamos a entregar a nuestra diestra a Eyzaguirre, con él haremos seguir la pelota adelante al compañero, el wing Ramírez Banda, y ágilmente nos la daremos de vuelta para empezar a correr; volvamos rápido a recibirla. Su transporte de lujo se habrá detenido. ¿Oirá esto todavía cuando le vayan a abrir la puerta, al momento en que le ofrezcan una mano falsa de apoyo y ponga su pie en la vereda? Con Eyzaguirre le pegaremos a la pelota de manera que sea un pase largo de nuevo hacia nuestro wing Ramírez Banda, sin embargo al extremo derecho se hará más hábil el defensa adversario Nilton Santos en su brinco, y con un golpe de cabeza interrumpirá nuestra combinación. La pelota va a llegar a su colega Zózimo, que nos la querrá esconder, y la va a entregar por la izquierda a Zito. Corramos. Trotemos. Caminemos. Ese otro esperará los movimientos de los suyos con la pelota en los pies, seguirá avanzando hacia el centro, hacia nosotros, nos llegará al área y, cuando le vayamos como un chiflón, dará el pase a su delantero Amarildo, a quien con el guerrillero Rodríguez se la iremos a quitar, y escucha tú ahora: levantaremos los brazos por la conchelalora, porque la pelota va a darle en un bíceps en el suelo al contrincante cuando se habrá caído entre nuestras protestas, que aumentarán por la chucha con la confusión y el error del árbitro, hijo de su hijo, pero de todas maneras Amarildo logrará pasársela al puntero derecho que correrá con él, a Garrincha irá aunque seremos cuatro ahí, cuatro que imitaremos el zigzag de ellos sin quererlo, sólo porque lo habremos visto y a usted no la encontramos acá. Garrincha reconocerá de inmediato esta figura y va a pasar la pelota de vuelta a Amarildo ante nuestro acoso con el guerrillero, de todas maneras decidirá correr hacia el extremo de la cancha a nuestra izquierda, nos va a dejar atrás, alcanzará el último ángulo de lo que se nos dibuja de manera estable en los pastos, esta área, y de un golpe que levantará la pelota va a esperar que siga el movimiento su colega Vavá por el centro, tal vez Zagallo se querrá asomar a nuestra derecha porque nos esforzaremos para cambiar el curso de la pelota, o incluso Zito o Didí, que se nos entreverarán por eso que pensaremos será nuestro disparo al centro más atrás, y cuando Zagallo se esté preparando para pegarle ante el arco seremos más rápidos con Eyzaguirre, empujaremos hacia adelante a la vez que detendremos la parábola, el recorrido de la pelota, y seguiremos corriendo por la cancha mientras usted, ustedes, ellos en su compañía caminarán cansadamente hacia el acceso privado del estadio con una docena de maletines y una sola cartera; de ahí vendrán las propinas que los valé habrán estado esperando mientras disimuladamente mirarán el reloj que no va a parecer avanzar, y sus oídos se quedarán con nuestro aliento, con la ovación por el nombre del wing Ramírez Banda, y las risas que nos saldrán en los tablones, nos oirá desde las entrañas del estadio todavía, porque desde Eyzaguirre le cederemos la pelota al wing nuestro, con quien nos vamos a largar a correr sin despegarnos de esa línea derecha, brillante su cal como nuestros pañuelos, tanta agitación no nos permitirá aún notar las manchas rojas ahí, y con el wing aprovecharemos que varios players contrarios no alcanzarán a volver, nos enfrentaremos a Nilton Santos que va a saltar, mejor frenarse y empezar a correr hacia el centro de esta cancha, lentos de nuevo como ustedes ante la sonrisa del guardia que los dejará pasar con una venia sobreactuada. Esperaremos acomodarnos en una figura vista en partidos anteriores, pendiente aún bajo esta cordillera, en este frío, cuando la tarde dejará de ser lánguida; secreta; estaremos todos en nuestro sitio salvo ustedes, de manera que el wing y nosotros le pasaremos la pelota a Eladio en el círculo central de la cancha para que a nuestra derecha nos vayamos de una carrera a la espera de un pase largo, y no obstante con Eladio y sin ustedes, que recién pondrán un pie en la escalera más inaccesible del coliseo, nos acordaremos todavía de esa figura más importante, así que vamos a tramar otro esquema: la pasaremos a nuestro delantero Honorino, unos cuantos pasos por la derecha, y con éste la apuraremos de un toque atrás de vuelta a Jorge Toro para salir corriendo en dirección al arco; con éste seguiremos moviéndola por la derecha hasta Eyzaguirre, quien nos la alargará en la misma línea de cal para que la recibamos en los pies del wing Ramírez Banda mientras con Honorino vamos a arremeter en paralelo por el centro de esa otra área, adversaria, y entonces se nos hará completamente visible, escúcheme ahora por los altavoces del vestíbulo donde uno de ustedes se habrá sentado a tomar aire porque la escalera lo habrá cansado y querrá que lo lleven sus trabajadores a todas partes; completamente se nos va a aparecer la cuña escalonada de los canarios, esa con que nos habrán contenido y querrán detener antes a las masas que buscarán superponérseles; la cuña escalonada cuya base va a armarse con esos que defienden atacando, y uno de ellos entenderá que seremos ahora la relación entre el wing y Honorino, así que Zózimo se nos anticipará corriendo cuando nos estábamos pasando la pelota a tiro de arco y la pateará lejos, tanto que traspasará la frontera de cal en el borde para que el juego se detenga, no así las pisadas de ustedes por el último escalón hasta el palco, y usted se quitará el pelo de la frente, atenta a mis palabras; no podrá buscar entre el público, entre la

galería y la tribuna, sino en todas las bocas que apreta-
remos de fustración ante el pelotazo que en vez de ir al
arco se va a desviar por la línea lateral.

Seguiremos de pie a ese lado con el wing Ramírez
Banda, de nuevo. De parte de nuestro pasapelotas la vamos a recibir y sacaremos atrás hacia nuestro compañero
el Pluto, desde el cual la haremos llegar a Eyzaguirre con
fuerza adelante en los pastos. A la diestra nos vamos a
entreverar corriendo hacia la vanguardia con Honorino,
con el centroforward Tobar y, algo retrasado, a la izquierda, Leonel. Con Eyzaguirre querremos pasarla atrás, pero
mejor vamos a correr con un dribleo inesperado por la
frontera del área canaria, perseguidos apenas por Zagallo
seremos más rápidos y a la pelota le daremos a ras de
suelo, preparados para recibirla y pegarle hacia el arco
en los pies de Honorino, aunque antes se nos vendrá al
suelo el defensa Zózimo, extranjero, habilidoso, con el
borde del pie la va a empujar lejos de su arco a la espera
de que en apoyo suyo tenga más fuerzas Nilton Santos,
inescrutable, quien saldrá trotando a nuestra derecha y
la pasará a Zagallo mientras el resto se irá desplazando
a sus posiciones, escúcheme usted que la cuña de los
otros se nos aparecerá en un pestañeo como un rombo
cuya punta roma va a ser nuestro propio arco, y en ese
vislumbre la de nosotros se asoma cortada, reloj de are-
na, acinturados somos, dos bloques sin otro centro que

un pasaje, así nos veremos y dejaremos de vernos en el momento que Zagallo ya habrá pasado la pelota a Vavá, y éste a Garrincha, sabremos que usted también dudará entre seguir caminando hasta el palco o excusarse, ir al tocador, buscar el teléfono en el pasillo para hacer la llamada, y de tanto mirar la posición de Didí y de Amarildo, Garrincha nos la entregará en los pies de Leonel, vamos miércale, con quien nos detendremos; antes de pasarla vamos a esquivar a Vavá, por fin será nuestra la arremetida, chichichí, lelelé, nos plantaremos ante Zózimo y Zito juntos, usted habrá decidido enfrentarse a la visión de todo el estadio que se abrirá ante la llegada de una piara de dirigentes al palco de honor cuando tengamos cinco minutos de partido, la mirada suya sobre nosotros, nuestra ovación al que está más abajo y a punto de caer porque perderemos el control de la pelota ante Zito, finalmente, sin embargo nadie la podrá detener; quedará en movimiento sobre el pasto, la vamos a hacer nuestra con Jorge Toro o bien vendrá un chiflón, podrá aparecer Didí, se nos va a arrancar a todos, nos lanzaremos con Leonel a agarrarla y Zito se interpondrá, macizo, el rojo se nos irá a las piernas de ese obstáculo como siempre, conchesumadre, así que nos verá pegarle su buena patada en el pie izquierdo ahora, usted que va a escuchar y a mirar, a sentir nuestro ojo y nuestro oído cuando el juez saquero, lento, vendido, desgraciado, hará sonar su silbato porque con Leonel habremos cometido infracción sobre Zito ahí, derrumbado en campo nuestro; escaparemos de las voces del árbitro Yamasaki Maldonado, que nos pedirá que nos calmemos, la comisión de dirigentes internacionales ya habrá llegado al estadio, ya estará usted aquí y dígame su nombre, gritaremos chamullando entre todos estos insultos, le mostraremos cuáles dientes nos faltan, borrachos, porque tras el silbatazo iremos con Leonel adonde el árbitro a ofrecerle la pelota, y cuando el árbitro Yamasaki Maldonado, chuchesumadre, se disponga a recibirla lo burlaremos: se la vamos a lanzar a un colega canario y no a sus manos de verdugo, entonces nuestra carcajada tal vez será la suya; la buscaremos así, incluso entre la turbiedad del vaso de whisky con que uno a su lado constantemente le tapará la cara porque de usted no sabremos el nombre.

La acomodará Djalma Santos para el tiro libre al borde del círculo central. Mientras acá vamos a terminar ya de reírnos, allá ellos se estarán buscando para ahí conseguir la figura. Atrás suyo Djalma Saltos sabrá que viene Mauro Ramos, así que va a trotar hacia el costado para que el otro patee en su dirección mientras el resto de los otros se distribuirá para dibujar ante nosotros la cuña. Ahora Djalma Santos le va a pegar con fuerza, la pelota seguirá levantándose hacia nuestra parte del campo y caerá donde habrá venido corriendo Amarildo, en nuestra propia área de cal, y aunque con Raúl Sánchez estaremos haciendo como si le ofreciéramos empujones no va a dejar de pasársela a Garrincha, quien se nos confundirá porque vendrá sobre la raya fronteriza a nuestra izquierda incluso si encima seguiremos con el guerrillero Rodríguez y no le quitaremos la vista, y usted tampoco a nosotros, a la rapidez con que piernas y jugador se nos vendrán encima, y antes de que Garrincha se la entregue a estos que nos querrán empujar en nuestro propio territorio, en nuestra propia área, con el guerrillero nos lanzaremos como último recurso a los pies del player canario, y la pelota será arrastrada por todo lo que seremos más allá de la cal fronteriza, aunque el peruano Yamasaki Maldonado, parcialidad de la parcialidad, casi nos pisará en el pasto donde habremos quedado desparramados para venir a silbarnos, ya po mierda de árbitro de la concha, que el saque será de esquina para el seleccionado de Brasil.

Garrincha nos apurará al poner la pelota en el vértice izquierdo de la línea de fondo, al pestañear y ver el movimiento para nosotros difícil de entender porque ahora sus colegas formarán un recipiente que cambiará en un solo pase a un tarugo invertido cuyas puntas se van a incrustar en los extremos encalados de nuestra propia área, y también nos daremos cuenta de que entre los trajes y corbatas y zapatos del palco, entre esas calvas brillantes, esos pelos acicalados y esas espaldas masajeadas, usted será la única que se sentará a mirarnos, una pierna sobre la otra, oculta entre la platería de las bandejas que no dejarán de traer otros cinco valés de blanco durante el encuentro, y usted vendrá a escuchar cómo nos callaremos cuando el suave tiro de Garrincha desde la esquina se convertirá en un rebote de la pelota rumbo a Amarildo, quien de todas maneras tendrá que forcejar contra todos nosotros, contra Raúl Sánchez y el guerrillero, y no podrá impactarla: aunque ellos sepan con qué convicción se hará su figura, nosotros acá en nuestros pastos seremos más firmes y sabremos esperarla, y no vendremos corriendo desde tan lejos, así que jugaremos a patear la pelota con rabia nomás, para echarla lejos de este arco nuestro que usted y los otros de allá arriba habrán mandado a reforzar antes de esta Copa del Mundo. La pelota se habrá levantado y nos caerá como parábola en los pies de Leonel, sin que logremos controlarla, en cambio sí lo va a hacer Zito, y en un segundo habrá visto que Garrincha nuevamente aguaitará a nuestro costado izquierdo; a él va a ir la pelota, a él correremos hasta quitársela con el guerrillero y con Raúl Sánchez, unos atrás y otros adelante no nos dejarán verle la cara, la expresión con que seguirá usted esto que decimos: que el guerrillero Rodríguez nos va a ir arrastrando la pelota, que avanzaremos hacia el centro, a la espera de algún despliegue nuestro, que Didí o cualquier otro no nos dejará de asediar hasta que la hagamos seguir hasta nuestro compañero, el wing Ramírez Banda, y que sin embargo, en vez de seguir corriendo siempre a la derecha, ese lugar en esta figura que pareciera tan francamente propio, volveremos muchas veces más al centro para pasársela de nuevo a la retaguardia, al guerrillero de nuevo, con quien querríamos esperar la carrera hacia adelante del correligionario y nos la enviaremos de todos modos, por si acaso, justo cuando Djalma Santos va a entender y estirará el pie izquierdo para interrumpir nuestra trayectoria lineal de la pelota, aunque no lo suficiente como para que con el guerrillero no volvamos a recogerla en esta carrera que alguna vez sabremos nunca tendrá una meta, más allá de lo que ustedes discurseen en el palco, lejos de la mirada suya y del oído suyo aquí, levantándose a darnos la espalda porque tiene usted que saludar a un cuerpo de diplomáticos que va a llegar, a quienes desprecia usted sin decirlo tanto como sus nombres, pero el defensa también extremo de ellos, Djalma Santos, se habrá puesto a correr, y más rápido que nuestras zancadas con el guerrillero Rodríguez la va a alcanzar con la derecha, esa que sólo en apariencia es más potente; nos la va a quitar y la llevará atrás, de vuelta al área de su seleccionado canario, desde donde Mauro Ramos le va a pegar fuerte para que se levante y caiga donde nosotros aunque lejos de nuestro control, en el lugar en que se habrá quedado Zagallo, quien en un solo movimiento la va a devolver, pasos atrás, a Zózimo; ya los suyos habrán empezado a abrirse a través de la cancha para trazar esas figuras diagonales, así que Zózimo va a tirar un pase largo y por debajo a la izquierda nuestra, donde siempre seguirá corriendo nuestro problema en el campo, hasta que va a llegar la pelota a los pies de Vavá, que se nos podrá haber adelantado y nos dejará atrás. Querremos que suspire usted con nosotros cuando Vavá se cuele mucho más rápido que nuestro Raúl Sánchez, ahora que se habrá sentado de nuevo en el palco, aunque lo único que distingamos de usted sea la copa de cachantún entre los dedos. Querremos que suspire porque el lineman uruguayo Marino habrá levantado su banderilla para marcar que el dibujo canario va a terminar en una posición de adelanto del player Vavá, una posición indebida la de ellos, la de ustedes cuando la trasparencia de la copa suya se va a perder tras el dorado de otra copa en manos de otro, un señor de mostacho doble, que habrá venido a hablarle. Con Raúl Sánchez acomodaremos la pelota en el centro de nuestro propio campo y vamos a poner en juego el tiro libre hacia una posición análoga de los adversarios nuestros. Pero la pelota no alcanzará estos pies, los del centroforward Tobar, porque antes y de un salto Didí con un solo toque fuerte va a devolverla a su inasible figura de ataque, en dirección al que siempre estará ahí, en el borde que no vamos a alcanzar del ojo siniestro nuestro, Garrincha; no despegará la mirada de la pelota igual que el oído de usted con estas palabras. La habrá controlado y la moverá de una pierna a otra frente al guerrillero Rodríguez, por quien vamos a adivinarle el último movimiento y se la quitaremos para dársela a Leonel, con quien querremos la sorpresa de poder tirarla hacia el centro de la cancha rayada desde el borde, y ahora sí: moverá usted el pie suyo que le estará colgando, cruzada su pierna sobre la otra, porque va a seguir el pulso de una orquesta, porque va a empujar con una sonrisa que no veremos a un montón de niños que estarán intentando saltar un río dibujado en la tierra con un palo seco, imaginando eso construiremos una figura de dos líneas que avanzarán en paralelo: con Jorge Toro la vamos a recibir y con él seguiremos el movimiento hacia Eyzaguirre, con quien también iremos en diagonal hasta el wing Ramírez Banda, y todos al mismo tiempo iremos corriendo sin cuidar nada, sin pausa y sin velocidad. Un poco rojos aparecemos en busca del área de los otros, con el wing Ramírez Banda nos devolveremos la pelota a Eyzaguirre y con el mismo wing vamos a seguir corriendo, divididos, simultáneos; usted le habrá hecho un gesto al señor de mostacho doble que va a querer hablarle al oído, un gesto para que le permita seguir nuestras acciones, pero con Eyzaguirre, en vez de continuar la combinación, preferiremos terciarla hacia Jorge Toro, con quien vamos a ir corriendo hacia el centro en busca del gesto repentino, el gesto suyo con un guante en la cara del señor de mostacho doble que habrá insistido, y el de Jorge Toro a Eladio Rojas. Con Eladio giraremos en nuestro propio eje para esperar al guerrillero Rodríguez por nuestro borde contrario, ese que se nos habrá olvidado si no fuera porque es la izquierda nuestra. Nos daremos el pase cuando sobrevengan Didí y Djalma Santos a cerrarnos la carrera, pero antes lograremos con el guerrillero soltar la pelota hacia Tobar, con quien volveremos a cambiar el ritmo del pie de usted que tamborilea sobre su pierna cruzada, y el señor del mostacho doble entonces le pondrá una mano en la rodilla para no dejarla levantarse a seguir la jugada, porque así nuestro viento podrá dar de frente contra el balcón de la platea y la veríamos, así que con el centro-forward Tobar nos desataremos, vamos a dejar atrás a Djalma Santos, correremos y se moverá usted con nosotros; tendrá que ser entrando por la izquierda antes del área canaria, oblicuamente, que por fin chutearemos hasta el arco de los otros. La pelota se nos irá elevada. Alejándonos, pasaremos cerca del palo izquierdo y gritaremos los de la galucha ¡casi conchetumadre!, incluidos esos allá arriba que, como usted, se habrán levantado de un salto desde sus poltronas de cuero en el momento que usted habrá querido soltar la copa de cachantún para dejarla caer sobre los dedos artríticos del señor del mostacho doble. No. No será el momento todavía. Sin goles seguiremos en estas semifinales de la Copa del Mundo entre los seleccionados de Chile y de Brasil. Y va a sacar desde el arco el número uno de ellos, Gilmar. Su lanzamiento cruzará toda nuestra cancha hacia quién más, dígame usted, que Garrincha; ahora, sentados todos de nuevo, mientras ustedes allá arriba se habrán dejado caer sobre las butacas mullidas, ahora se va a perder la figura suya entre las manos de los valés que volverán a traer variadas bandejas de plata con bocados de aperitivo. Otro de los cófrades dirigentes, un barbilampiño apoltronado, escribirá algo en un papel que va a hacer pasar al del lado, y el papel irá de mano en mano en dirección suya; mejor que nos baje antes la parábola de la pelota hasta nuestros pies, los de Raúl Sánchez, con quien devolveremos la pelota también por alto y fuertemente hacia un delantero nuestro cerca del área de ellos, pero la trayectoria va a interumpirse en Vavá, que justo cuando le pegaremos podrá saltar acá adelante y el circuito se va a alterar, va a seguir ahora en la figura de ellos hacia Nilton Santos, la derecha que nos será tantas veces antagónica, y éste dirigirá su cabezazo hacia el wing de ellos Zagallo, más cerca de nuestra línea de área, en el mismo borde

68

derecho; va a protegerse de nuestras miradas escondiéndola entre las piernas. Zagallo retrocederá luego en busca de uno de los suyos. Eyzaguirre nos llevará a quitársela y no lo lograremos, el papel llegará en definitiva a la mano del señor del mostacho doble, al lado suyo, y lo retendrá con una sonrisa, buscando la mirada suya igual que nosotros, que sin embargo sabremos retenerla cuando en vez de recuperar la pelota vayamos con el pie en plancha sobre la derecha del colega y rival Zagallo. Algunos nos levantaremos pifiando en protesta porque el árbitro Yamasaki Maldonado, traje negro, dudoso, colega de nuestro colega, no estará mirando la imagen completa: tampoco la ve a usted, así que sancionará el golpe nuestro como tiro libre. Nilton Santos va a poner en juego la sanción. Lo hará hacia el centro de la cancha, donde su colega Zózimo esperará que caiga la pelota al mismo tiempo que, ellos sí, se van observando avanzar con sus delanteros y sus wings en un movimiento coordinado, así que empalmará de un solo toque la pelota hacia adelante, donde todavía la va a esperar Garrincha, pero correrá demasiado rápido, demasiado rápido la sonrisa del señor del mostacho doble hasta una mano suya que por fin veremos, enguantada en cuero negro que va a brillar, y demasiado rápido tendremos que ir nosotros también en los pies del Pluto Contreras a sacarla de la entrada de nuestra área, roja de defensa.

Quedará rebotando la pelota hacia el extremo de la cancha y la va a recoger Zagallo, dos pasos en su carrera cuando ya habrá visto en la panorámica de ellos quién se le dispondrá para tirarnos, quién de nosotros en el área será rojo. Y cómo se nos viene Vavá; agitará usted la pregunta sin decirla al descruzar las piernas y alisarse el abrigo encima con sus guantes negros, al rechazar al señor del mostacho doble, que se habrá inclinado hacia la oreja suya, escondiéndole en su puño el papel. El silencio con que no le responderá usted va a ser la pregunta de cómo entre nosotros se podrá despegar del suelo Vavá para pegarle a la pelota de espaldas, y encima de chilenita, por la cresta, el alarido que se cruzará para que el golpe resulte un pase a Amarildo, hacia quien con otro insulto iremos corriendo el Pluto con Raúl Sánchez, y por nuestro asedio la hará retroceder a la entrada central de esta área nuestra, ya completamente roja, por donde va a venir corriendo Garrincha y entonces su guante oscuro se aferrará a la mano del señor del mostacho doble, los brazos abiertos y el cuerpo doblado de Garrincha se nos van a atravesar en el gesto suyo, le pegará con furia, no tomará usted la mano del señor ese, sino que le va a apretar el puño, le pegará con un efecto que no esperamos desde nuestro arco Garrincha y la pelota se va elevando; el señor del mostacho doble abrirá la boca sin un sonido, cederá el puño porfiado, la pelota va a seguir abriéndose también a nuestra derecha, nuestra derecha nos perjudicará siempre, agárrala conchesumare, se nos alejará la pelota, tan rápido en su guante el papel desde el puño, y la pelota va a girar en el aire inesperadamente hacia el centro que no entenderemos ni el camino de nuestras propias putiadas que nos mantendrán parados, estacas en el campo por el gol. Gol. Y tú no mirarás el papel. Gol. Gol de Brasil. Se abrazarán ellos, azotaremos nosotros los papeles de diario, los pañuelos y los cojines contra el tablón. No seremos capaces todavía de lamentarnos, de girar hacia ustedes y gritarles amenazas, porque la jugada nos habrá mostrado que en un urdido plural el lanzamiento de Garrincha, aunque virtuoso, será consecuencia y jamás individualidad. El seleccionado de Brasil se habrá puesto un gol a cero en ventaja sobre todos nosotros, pero con eso nos habrá expuesto una manera de llegar a ellos, de encontrarla a usted: cada movimiento, incluso si son puñetazos ajenos desde la derecha, tendremos que sumarlo al nuestro, al anterior y al siguiente en estos campos.

Oído atento, usted se habrá quedado ignorando los abrazos y las lamentaciones acá abajo. Así como brillarán, opuestas al débil sol de julio, las camisetas canarias, y nos van a arrebatar las rojas nuestras encima de nuestro blanco, en su guante se distingue el papel que habrá ido doblando minuciosamente hasta conseguirlo encajar en esa palma, único cuerpo suyo que alcanzaremos a notar desde acá abajo, enfundada. Iremos entonces al círculo central con Honorino, la pelota de nuestros pies irá más atrás a Jorge Toro, con quien correremos hacia el centro eludiendo contrincantes porque se nos hará necesario arrancar de este juego que se nos va escapando, hasta que podremos continuar con Leonel, que recibirá el pase a nuestra izquierda, aunque vayamos a poner en marcha demasiado rápido cada vez nuestro plan, no alcanzaremos a retenerla y en el límite al costado se nos perderá la pelota. Djalma Santos la va a tomar entre sus manos, en su calma podrá ver correr al otro, a los otros, a Vavá, así que no podremos evitar el arqueamiento y la flexión de esos brazos del compañero rival igual como usted no va a abrir el guante hasta que vuelvan los valé con bandejas de caviares, cacerolas y brochetas, de manera que parezca que los cófrades se olvidarán de ese papel que habrá ido de mano en mano en dirección suya, al lugar del estadio que nadie alcanzará a ver con nitidez, y la pelota saldrá por el saque lateral en una parábola alta, casi hasta el centro de nuestra área manchada de rojo. Sin embargo correremos con Raúl Sánchez para adelantarnos a Vavá, para pasárnosla hasta el guerrillero Rodríguez siempre a la izquierda, con él seguiremos en una escala ascendente, descubierta sólo en el gol de los otros, porque habrá aparecido el contraste suyo con nuestra rigidez de invierno, con su guante infranqueable que ni siquiera será puño hacia las miradas picaronas que le dirigirán los apoltronados de su cofradía, algo borrachos ya; una escala ascendente por el centro hacia Jorge Toro, con él vamos a girar y girar a la derecha, hacia nuestro defensa extremo Eyzaguirre, quien nos llevará corriendo en ese borde, por ahí vamos a cruzar la línea media de cal y, perseguidos por Amarildo, la pelota se nos escapará en un encontrón con Zagallo, quien nos la hará rebotar. No obstante, Amarildo tampoco podrá alcanzarla; sí tendremos el pie del Pluto, que se nos alargará para dar un toque rápido que restituya este fluido que somos ahora en dirección a Jorge Toro, y la carrera de Jorge Toro nos meterá entre Zito y Didí, que vendrán a despojarnos, y los guantes de usted seguirán borroneados; apoyada como estará ahora contra la baranda del palco, de espaldas, su abrigo largo tomará el color de la marquesina, va a pasar también por el albor de los valé de lado a lado y, apenas, notaremos que se llevará una mano al bolsillo. Se habrá quedado en esa posición, atenta escucha, porque antes que Zito y Didí lo consigan con Jorge Toro el pase nuestro será inesperado hacia la derecha, hasta nuestro wing Ramírez Banda, y con éste levantaremos la cabeza de nuevo, notaremos un punto rojo cerca del difuminado oscuro del árbitro y desde el guante izquierdo de usted, que se posará por un segundo sobre la mano de un hombre barbilampiño colorado, ese que va a haber acumulado tres vasos de distinta longitud junto a él desde el gol del seleccionado brasileño. Luego volverá el guante izquierdo de usted a la baranda: el punto rojo que habremos notado será nuestro propio delantero en medio de la masa seca de estos pastos de invierno y de las camisetas canarias que se desplazarán a quitarnos la pelota. Con el wing Ramírez Banda pondremos en alto también el zapato y a nuestro pase le va a entrar una pierna ajena, la de Nilton Santos, que reemplazará nuestra parábola por la suya, más concisa; con Eyzaguirre recogeremos igualmente la pelota y ya iremos jugando un poco, al tiempo que el baile del guante izquierdo de usted en la mano mofletuda del barbilampiño hará que éste sonría, mientras con Eyzaguirre seguiremos dribleando hasta la derecha por el acoso de Didí, que no se cansará como nosotros de tanto pifiar y aplaudir, así que su movimiento va a parecer más rápido que el nuestro y no nos quedará más que seguir dando un pase imperfecto, sin destino aparente, lento, lateral y en reversa, incomprensible como el gesto del guante de usted si no fuera porque su cófrade barbilampiño colorado a continuación sonreirá, mostrando los dientes delanteros, y se va a llevar un pañuelo a la frente ancha para secar el sudor, aunque ya se habrá hecho sentir el frío acá en la galería; él va a dejar su copa en una de las bandejas de los valé y, con las cejas en alto, hacia usted su mirada, empezará a caminar rumbo a una esquina, rumbo al sector donde apenas podremos notar unos manteles bordados en seda sobre mesones donde nos encandilará el brillo de los tres tipos de tenedores, de los cuatro diferentes cuchillos, las dos cucharas, las pinzas para ensaladas, mariscos y carnes, los sacacorchos, las servilletas de papel y de hilo, los coladores de té, las cafeteras individuales, los mondadientes. Usted no va a acompañar al barbilampiño colorado, no será el momento aún para la realización de su juego ni para el nuestro: con Jorge Toro trotaremos a recuperar la pelota, sus ojos que serán los nuestros van a observar una figura que por fin se extenderá ancha y larga por el campo en el momento de una inminente carrera que nos indicará a quién de nosotros lanzarla. Pero con ninguno vamos a correr, no todavía, así que se la devolveremos al Pluto, con quien desde atrás vamos a aparecer en paralelo, por el centro, a pocos pasos, y con el Pluto ahora querremos encarar a Zito, que vendrá corriendo. No. Mejor nos la haremos circular de vuelta a Jorge Toro, y con él otra vez podremos hallar alguna figura nuestra, mucho mejor: la de usted por un segundo con sus dos guantes en el bolsillo porque, a diferencia de los apoltronados allá arriba o del barbilampiño que querrá llevarla a una esquina, usted también tendrá frío esta tarde de julio: con Eladio se nos habrá abierto el espacio de la cancha, así que vamos a recibir el pase rápido y maniobraremos cuando Didí y más atrás Mauro Ramos se nos vengan encima. Nos harán tropezar a patadas, caeremos con Eladio. Nos van a quitar la pelota pero no nuestros gritos, conchesumare, y los otros querrán salir jugando de inmediato en línea vertical con sus compañeros al centro de la cancha, una vez más hacia Garrincha; allá iremos con el guerrillero a pegarle sin mirar, sin verla a usted, lo más fuerte y lo más alto posible, solamente que la pelota vaya a caer en la parte de los contrarios. Con el Pluto correremos también para impedir que vuelva a rebotar, nos la llevaremos al pecho y la pondremos en el suelo con nuestro pie, buscaremos un pase pero Amarildo, rechucha, vendrá corriendo por la espalda para quitárnosla con un puntapié. A nuestros gritos vamos a agregar los brazos levantados de Eladio hacia el árbitro, usted por fin sacará ese papel del bolsillo con su guante derecho y el árbitro Yamasaki Maldonado, señor juez, hará sonar su silbato para detener el juego porque esa patada de mierda habrá sido infracción contra nosotros. Vamos a dispersarnos entonces en la grama, formaremos los rojos con nuestros pañuelos blancos un triángulo hecho de nuestros players a la entrada y salida del área de ellos, ante su rectángulo de rechazo, escúcheme: a varios pasos de la pelota, detenida en el centro del campo adversario, con Jorge Toro tomaremos distancia para correr, para acelerar, para darle un golpe franco que en vez de elevarse seguirá potente a ras de suelo en línea recta, carajo, y sin embargo no traspasaremos el área rival porque con Zózimo ellos irán al suelo y, en su pie derecho, la harán rebotar de vuelta ante nuestro asedio, ante los gritos que daremos, los aplausos, las cargas de nuestra vanguardia a cada pique de nuestro centroforward, y la pierna de usted volverá a cruzarse sobre la otra suya, ahora que se habrá sentado de nuevo y rechace por enésima vez al valé que se le acercará a ofrecer un bebestible; ante nuestro asedio Zito se va a lanzar a estirar también su pierna en un solo movimiento que igualmente no alcanzará el recorrido veloz que le daremos a la pelota y, en cambio, sí lograremos que nuestro wing Ramírez Banda la halle. Pase y carrera seremos, uno solo hacia Eyzaguirre, aunque cada vez que lo hagamos nos va a salir demasiado rápido, demasiado lejos, demasiado lo que imaginaremos lograr y entonces no vamos a poder darle a la pelota frente al arco de ellos. Nos iremos lejos del arco con ella, no veremos lo que estará usted leyendo en ese papel, tampoco la expresión con que va a reaccionar; sólo que sin exageración ni timidez lo arrugará al interior de su guante izquierdo, luego lo va a dejar dentro de una copa de agua que se irá en una de las bandejas doradas.

El arquero de ellos, Gilmar, no va a esperar ni cuatro segundos para sacar con sus manos, desde el arco a su costado, hacia su colega Nilton Santos. No va a esperar, no podrán dejar que los esperemos y nosotros tampoco a ellos; así vendremos con Honorino corriendo a sorprenderlos y por una vez se enredarán en nuestro campo amarillento con rojo, no lo suficiente sin embargo para que su defensa deje de devolverle la pelota a su arquero, para que dejen de solucionar las cosas corriendo por un sector, el izquierdo. Luego la recogerán nuevamente entre las manos de Gilmar para lanzarla al defensa canario en carrera, que la va a patear con fuerza hacia la mitad de la cancha ante el apuro de encontrarnos de nuevo rojos, blancos, el guante negro suyo que seguramente se llevará a la cara escuchando esto cuando no quiera que se le note que habrá visto también al tipo del mostacho doble caminando hacia la esquina, a su derecha, donde los trabajadores estaremos con los valés todavía instalando el festín de sus cófrades; ahí se pondrá usted a hablar en voz baja con el barbilampiño, que la habrá invitado con su gesto; ahí estará Zagallo, aun así la pelota al caer dará un bote sorpresivo que se nos va a devolver al centro de la cancha, de donde vendremos retrocediendo rápidamente con Jorge Toro, con quien vamos a correr y enfrentar la parte adversa de la cancha, sobre el horizonte del área de ellos querremos prepararnos, atacantes. En lo que

decidamos a quién de nosotros enviarla y cómo, vendrá
de nuevo desde nuestra izquierda Garrincha a quitárnosla
con tanta maña que nos quedaremos con Jorge Toro en
el suelo, desconcertados, y la pelota se nos escapará hasta
Amarildo, ese compañero rival que la va a devolver a
quien tendrá mejor visión de conjunto, Zózimo. Aunque
trotando, éste la apurará de nuevo a la parte del campo
que se nos habrá vuelto la siniestra hasta Garrincha, el
de ellos que cojea, que tiene chispa, que en eso se nos
volverá familiar, amistoso, chamullento el desgraciado,
y por eso estaremos a punto de dejarlo pasar con Raúl
Sánchez y Eladio, pero a último momento nos daremos
cuenta de que habrá que quitársela para hacerla seguir
al tiro hasta Jorge Toro, con quien va a ser mejor que
nos vayamos siempre a la derecha mientras estaremos
observando al guerrillero por la izquierda, y hacia él la
vamos a levantar, porque en su dirección iremos corriendo enajenados; usted leerá el papel en su guante negro
sin disimulo, quieta, como apenas la vamos a poder ver
no sabremos si extática o lívida, entonces la izquierda
se nos volverá dudosa, nos frenaremos con el guerrillero
Rodríguez una vez más y se la vamos a pasar de nuevo a
Eladio en el centro, lentamente. El bloque entero de los
rojos se hará blanco, sin embargo habremos ocupado ya
la mitad de la cancha donde los otros, amarillos, canarios,
verdes, rápidos, sonrientes, saltones, custodiarán lo suyo

como si al moverse campeonaran. Paso a paso con Eladio desconfiaremos, nos vamos a asomar un poco donde Zito y éste vendrá a encarar de inmediato, así que será mejor devolverla un par de pasos a la espalda, donde nos apoyaremos en Jorge Toro, con quien empezaremos el circuito: Eyzaguirre a la derecha, adelante, en el mismo borde que el wing Ramírez Banda, la pelota en sus pies; tendremos que pisarla, esconderla bajo las suelas y girarla porque nos molestarán Nilton Santos, Zito y Zagallo con pataditas cortas y manotazos que nadie verá, tampoco la cara suya, tampoco el torso de usted enfundado en un abrigo con el color de esta tarde de invierno, escúcheme, y la lograremos pasar en dirección a nuestro centroforward Tobar, todos a la esquina con él y sólo Nilton Santos nos va a perseguir ahora, así que ya sabrán ellos, sabrán los cófrades de usted desde arriba, levantando una copa de otro tamaño, riéndose a carcajadas los apoltronados alrededor suyo, pero no vamos a verla riendo a menos que la quieran obligar a responderles, quiénes de entre nosotros esperaremos el pase, y sólo nos va a faltar con nuestro centroforward Tobar un espacio, un lugar en esta vanguardia del campo para poder darle con todo el cuerpo a la pelota sin que rebote en el defensa rival, y no lo hallaremos porque vendrá Zito a sumar piernas, nos la quitará Nilton Santos y le va a pegar tan fuerte para sacarla por la línea de cal en la frontera derecha que nos daremos cuenta de que también hay algo de nosotros que ellos estarán aprendiendo, que no sólo la vamos a mirar, sino que usted de vuelta nos observará acá, que sobre todo nos escuchará a la espera de poder tocar en el momento adecuado a sus cófrades para que caigan al suelo, para que queden en el suelo uno y otro y otro dirigente más, y siquiera pueda emerger la cara suya por falta de cabeza, por ausencia de ausencia, por la última línea de sucesión su figura entre la masa de valés, choferes, secretarias, asistentes, mucamas, aspirantes, coordinadores, agentes y otros que les habrán hecho hasta ahora, hasta ahora, demasiado fáciles de cumplir las órdenes.

Con ese aceleramiento de saber que cada cual estará aprendiendo algo mientras busque derrotar a quien tiene enfrente tomaremos la pelota en las manos del centro-forward Tobar para pasárnosla a Honorino, con quien ante Nilton Santos y Zito de nuevo perderemos el control de la pelota y la vamos a seguir en silencio por el área brasileña hasta las manos del arquero ajeno Gilmar, estos puños apretados salvo ahora los guantes de usted, que se habrán estirado para recoger un vaso de cachantún desde otra bandeja. La tarde feriada de julio va a traspasar su ritmo a este juego, dejaremos de levantarnos, de aplaudir, de chiflar, incluso de torcer los ojos cuando el arquero Gilmar vaya a ir cansino a su izquierda, la dejará caer desde sus manos hasta Nilton Santos, y éste va a observar que su colectivo aún no habrá adoptado las posiciones que vienen con ellos, así que va a devolverla de nuevo a su arquero, diferente a nosotros. Gilmar correrá por el área haciéndola rebotar, rebotarán los bostezos desde el palco aunque ninguno será de usted, si me escucha bien, firme en el asiento de cuero suyo, sosteniendo los codos para que sigan rígidos esos hombros que habremos acabado de notar entre la multitud dirigente; rebotará una vez más la pelota mientras el arquero de ellos Gilmar también, como los cófrades de usted, estará vigilando a los suyos, a diferencia de estas millares de bocas nuestras con que abuchearemos hasta que la formación de nuestra adversidad se establezca y entonces ese otro arquero le pegará a la pelota de manera que se eleve, cruce todo su sector, caiga más adelante del círculo central de este campo; nos habrá gustado la música irritante de nuestra silbatina mientras la pierna larga suya, cruzada sobre la otra, seguirá en su movimiento el pulso de nuestras bocas, y ahí en medio va a caer la pelota entre los pies de Didí. La fluidez con que entenderá en su pase que Zagallo estará corriendo por su izquierda va a cortar este canto irritante; apenas podremos ya pestañear porque ese wing de ellos no querrá que vayamos a encontrarlo en nuestra carrera con Eyzaguirre. Zagallo la cambiará una, dos, tres veces de un pie al otro en el borde de la línea encalada de nuestra área roja por un momento, tres, cuatro veces hasta despistarnos la defensa y permitir que los otros delanteros de su compañía lo alcancen; esperarán su pase hacia el centro aunque de él va a confluir hasta el otro extremo, a Garrincha, quien ya rodeado de nuestro rojo, nuestro azul, nuestro blanco a toda velocidad nos llevará forcejeando con nuestro guerrillero Rodríguez, y va a correr hasta que con el guerrillero lo empujemos, hasta cuándo, mierda, porque ya se nos habrá estado yendo la pelota por la atención que dedicaremos al movimiento suyo, cuando usted va a separar apenas una pierna de otra allá arriba en el palco, tal vez se habrá estado poniendo de pie, en cambio Garrincha va a caer en plena área al unísono del silbato arbitral de Yamasaki Maldonado, mala leche, jamás confiaremos en una suma de juez con ruido, la patada que le habremos dado a Garrincha sí será evidente para usted como comprobaremos, el movimiento que habrá hecho al levantarse del asiento será tal vez la réplica de una sonrisa leve, un quejido, una respuesta: el barbilampiño colorado habrá cruzado sus manos, satisfecho porque por fin logrará atraerla hacia su esquina. El árbitro Yamasaki Maldonado, inesperadamente, no va a sancionar nuestra violencia con la máxima decisión penal, sino con un tiro libre indirecto al interior de esta área que a cada paso será sitio, debilidad y origen para nosotros. Según estos gritos que confundiremos con los de nuestro arquero Escuti vamos a agrupar mejor a tres de nuestros rojiblancos en una barrera, a catorce pasos del arco y frente al propio Garrincha, secundado más lejos por Amarildo, que en todo caso apurará el golpe franco sin esperar el pitazo para obligarnos a que nos levantemos, porque la pelota irá cruzando el área y seremos animales de invierno: no vamos a decir palabra alguna cuando se pierda a la derecha nuestra por la línea de fondo salvo un gruñido, un aire que nos pasará apenas por narices y bocas tal cual el desgraciado barbilampiño colorado y su borracho cófrade del mostacho doble, al ver que usted se habrá levantado, que estará manipulando su cartera, que arreglará el abrigo en el respaldo del asiento y que va a caminar hacia ellos por fin.

Nos apuraremos entonces en las manos del arquero Escuti, vamos a tener que tramar mejor desde el arco. A ras de suelo por toda esta área nuestra la pasaremos hacia el centro de la cancha, donde ya será momento de que tendamos una figura nuestra con consecuencias: usted, desde su asiento, directo hacia los cófrades que se habrán juntado y separado en su borrachera dirigente; nosotros, con Jorge Toro, directo hacia el costado derecho, insistentemente, hasta que con el wing Ramírez Banda, más rápidos, vamos a correr a recibir la pelota y la pasaremos al centro, por donde ahora habremos avanzado en columna; aunque chueca e irregular, estará construida en un movimiento amplio que va a empezar por Leonel, querremos a él hacérsela llegar porque estará a la izquierda y sin embargo no lo lograremos sin una detención, así que nuestro pase no irá adelante, sino paralelo al costado hasta Eladio, y con éste un poco más a nuestra equívoca derecha hasta Jorge Toro, y desde él empezaremos a correr, a notar que la columna no se va a convertir en cuña ni en puntas afiladas hacia el área todavía, de manera que tomaremos impulso, no nos detendremos, vamos a ir velozmente con delicadeza a la siga de los pasos de usted, por el palco hacia la mesa, donde la estarán esperando el tipo del mostacho doble y el hombre barbilampiño colorado. Le pegaremos de izquierda con fuerza a la pelota, pero no se levantará, sino que va a chocar con otro defensa al borde del área donde se dicen brasileños, canarios, amarillos; nos rebotará y le va a quedar a Zito, que la echará a correr sin que podamos alcanzarla, dará el pase ahí donde sentiremos una irritación a la derecha hasta Nilton Santos, y a su vez éste va a querer seguir ese circuito hacia Zagallo más adelante aunque no podrá, porque vendremos a apurarlo con nuestro wing Ramírez Banda hasta que la pelota se haya escapado por la línea lateral para que la tomemos entre las manos de Eyzaguirre y saquemos rápido hacia Jorge Toro, con quien vendremos a pedirla no obstante el silbato de Yamasaki Maldonado y su arbitrariedad, que nos ordenará hacerlo sólo cuando él lo disponga; usted dejará también esa manera quieta que tiene de caminar hacia la mesa de los devoradores, cófrades y contrincantes suyos, no va a dejar de darnos la espalda al momento que saque algo brillante del bolsillo de ese abrigo, el cual habrá decidido quitarse ante la insistencia de otro valé que va a llevarlo a guardarropía. ¿Cree usted que para quitarnos el frío esta tarde de invierno será suficiente que corramos, trotemos, caminemos, que vayamos al suelo y que nos levantemos cien veces hacia esos dirigentes borrachos que estarán tirando líneas con sus dedos anillados sobre el mantel de las viandas, que pretenderán meterse en esas narices las polvorientas ventajas de un vasto plan por el cual un pueblo cualquiera de ochenta mil se volverá millones al ser convertido en un solo individuo, ya no un pueblo ni una masa de aficionados sino un valé que irá fanático tras el trabajo que darán? Y eso que usted habrá sacado de su bolsillo, ese objeto que de repente nos va a devolver un destello, ¿brilla? No le pondremos atención al reflejo, en todo caso. No nos encandilaremos; para nosotros lo que va a seguir arriba dándonos en la cara será el sol, a pesar del frío, de manera que con Eyzaguirre nos esforzaremos nuevamente para lanzar con fuerza la pelota desde la línea lateral cuando nos caiga directo a los ojos el reflejo y escuchemos nuestros propios abucheos, la recogeremos otra vez con los pies del Pluto Contreras y desde él la chutearemos lejos de nuevo por la línea de cal: todavía nos gustará saber que los cófrades de usted, si miraron en ese reflejo, se van a haber dado cuenta de que nos importa la integridad de los otros, la regla pero no el juicio, al contrario de lo que pretenden allá en el palco, tantas copas en la mano; no nos va a importar una mierda que el árbitro Yamasaki Maldonado haya dejado pasar la patada que con el wing Ramírez Banda le habremos puesto en la canilla a Zagallo. Nuestra decisión será que usted va a haber puesto un espejo frente a la cara suya en obstáculo a su camino desde las poltronas hasta el mesón de las viandas, y aunque no podremos verle la cara ahí usted podrá hallar la nuestra. Va a sostener la pelota en un nuevo saque de costado el centroforward de ellos, Amarildo, quien por contraste no estará mirando el suelo para disimular que a usted la buscamos arriba, sino que observará la disposición de sus compañeros a su misma altura, demorando; el árbitro Yamasaki Maldonado le pedirá que se apure y, como el colega antagónico no logrará encontrar su parte en el colectivo de ellos, elegirá volver a la defensa. El bote tras el saque se habrá hecho incómodo para la posición de su compañero Nilton Santos, y éste la va a lanzar más atrás de su equipo para asegurarse así que todo el movimiento empiece de nuevo desde el arquero Gilmar. Le parecerá que nosotros aplaudiremos, aburridos de las acciones regresivas en los campos, y que así vamos a animar a los peones a jugar, pero lo que haremos será protestar por el espejo de usted que nos encandilará sin calor, sin mostrarnos siquiera una cara, y querremos alentar de una vez los pasos suyos hacia sus cófrades; que se precipite su plan; que el arquero de los otros Gilmar termine de hacer rebotar la pelota en esos pastos que serán nuestros y le pegue con fuerza; que la pelota cruce una larga distancia de la cancha por todos los aires y todo el sector rival en busca de cualquiera de los delanteros suyos; vamos a estar esperándola, preparados. En la firme carrera del Pluto Contreras iremos a buscar la pelota antes de que caiga, con la cabeza la entregaremos a nuestro compañero a la derecha, sí, a la derecha: la daremos al wing Ramírez Banda porque con él vamos a ir en sentido contrario al centro de la cancha y romperemos así el circuito consabido, el pase será inesperado hacia Honorino adelante, con él le estaremos mostrando cómo es nuestra cuña, cuál es la forma nuestra y no la de ellos ni la de los cófrades; luego se la dejaremos atrás de vuelta a Eyzaguirre y correremos por el medio del área ajena, aunque no nos permitan verla con Eyzaguirre vamos a combinar y volveremos puntiaguda una figura que hará del juego más que un juego, por esa necesidad de que baje usted su espejo solamente le pegaremos con fuerza desmedida y la pelota llegará detrás del arco contrario.

Lo importante va a ser que con estos gritos nuestros, con estos chiflidos horrendos y estos aplausos golpeados para usted será mejor recuperar el abrigo que le habrá entregado antes a un valé: mejor que guarde ahí ese objeto en el bolsillo, ese azogue o fierro u hoja filuda, mejor que lo deje ahí y lo use en la ocasión correcta.

Así que sin ese reflejo el nuevo saque de arco del arquero de ellos Gilmar será más alto aun, cruzará los cielos grises de Campos de Sports y caerá en mitad de nuestro sector, rojo, donde con la cabeza de Didí nos la sustraerá para entregársela a su compañero Garrincha, siempre escapándosenos como la cara de usted, y a él también lo apuraremos con una carrera defensiva de Raúl Sánchez para que quede a medio camino entre nuestro alcance y la pierna de Didí; antes de que lleguemos con Eladio, éste la va a patear con fuerza y la pelota seguirá una parábola a nuestra izquierda, a nuestra izquierda siempre impediremos que salga más allá de la línea encalada con los pies del guerrillero Rodríguez, pero no la pondremos de inmediato en movimiento hacia Leonel porque antes se nos cruzará Djalma Santos con un pase a Vavá, en coordinación con Didí, y el primero va a correr para que el segundo se la entregue de vuelta al costado más adelante, cuando usted habrá acelerado el paso por el palco hacia el festín que la estará esperando, cuando el pase de los otros va a ser excesivamente largo y al centro la pelota nos llegará con lentitud ante esta mirada, la de Raúl Sánchez, la nuestra que en su busca sólo encontrará el movimiento de usted ante los obstáculos de plata, de cuero, de madera, de casimir y de lana peinada que le van ofreciendo, y ante la mirada de Raúl Sánchez recogeremos la pelota en manos del arquero Escuti, la haremos rebotar y la pondremos de nuevo en acción hacia Eyzaguirre, con quien sí estaremos esperando bien entrados en el campo a la derecha, y un tipo de terno oscuro al lado de usted, sin vergüenza, al verla pasar dejará su copa entre las poltronas con expresión atontada, abrirá un poco los ojos irritados y va a ir estirando los dedos hacia la cintura de usted; desde Eyzaguirre la pasaremos a nuestro wing Ramírez Banda, con él seguiremos carrera por el centro mientras cruzaremos la pelota por toda esa línea hasta el guerrillero Rodríguez al otro extremo, a la izquierda, y pronunciará algo sin vergüenza el cófrade suyo al mover esos dedos hacia la cadera de usted; preferiremos pasárnosla de vuelta a Eladio aunque sea con imprecisión, antes habrá dado un paso Didí en el círculo central a recogerla, en preparación para entender cómo van a circular los otros: usted ya conocerá de memoria el impulso de esos dedos estirados, así que va a dar un paso más para comprobar qué tan intensa podrá ser esta borrachera colectiva, y por el costado a su derecha corriendo vendrá Vavá, dos pasos; Didí habrá dejado que la pelota corra y la lanzará a su compañero con potencia tal que va a refalarse, sin vergüenza se levantará torpemente de su poltrona para alcanzar el cuerpo suyo, en su movimiento usted hará que se le quede un poco el terno en el asiento, la otra mano en el vaso, el pie en la poltrona, que caiga. Quedará en el pasto Vavá y usted, nuestra mirada y la pelota, se van a perder lejos de nuestro arco, rojos, blancos, azules más allá de la línea encalada de fondo; en cualquier caso el lineman uruguayo Marino va a haber levantado ya su bandera. La jugada habrá estado fuera de lugar, reclamará riéndose otro atrás suyo. No habrán sido suficientemente rápidos, va a carcajear otro al lado de usted, levantando de inmediato la mano para que los valés se abalancen a recoger al terno oscuro sin vergüenza.

A más de diez pasos la dejaremos mejor en los guantes de nuestro arquero Escuti, y tal vez estrechará usted los suyos con un gesto de satisfacción mientras va a mantener el paso hacia el mesón de las viandas, la pelota de nuevo al piso para que nuestro defensa Raúl Sanchez nos la entregue de nuevo, y le daremos un bote, y con el pie le pegaremos lejos a la derecha buscando a Jorge Toro en el mediocampo. Se sacará usted uno de los guantes aunque la tarde habrá refrescado, esa va a ser la única manera de eludir al hombre canoso, albino y alto que se le acercará blandiendo un paquete de cigarrillos.

Zito, incansable, incomprensible su ubicuidad, estará ahí en el campo para recoger la pelota que va a caer. Se dará vuelta, no se detendrá ante su insistencia, la espalda de usted ante nosotros pero no ante el otro; Zito la va a entregar a Nilton Santos, pero la imprecisión en el movimiento nos parecerá duda y entonces el esquema de ellos se va a romper, así que habremos corrido con Honorino lo suficiente para interrumpir, para quedarnos con la pelota, para arrancar por el borde derecho aunque nos persiga Nilton Santos y sus trancos largos. Con Honorino suspenderemos la lucha por un lugar en el campo de un parpadeo, la figura se nos va a conformar de una vez: usted y el canoso albino estarán hablando en otro idioma que no entenderemos, tampoco los que nos habremos ubicado más cerca del palco y menos los dirigentes locales, que sonreirán, ojos cerrados, sonrientes, dormidos en sus poltronas. La pasaremos de un toque al wing Ramírez Banda, nos acompañaremos por él, avanzaremos de a dos, en bloque los rojos pasaremos a formar una V: victoriosos o vencidos, recipiente o cerro será nuestra forma. Una cuña. El canoso albino levantará la mano ante la cara de usted y dibujará una línea en el aire, la cabeza suya continuará con su impulso el trazo y este relato. Dibujaremos una de esas líneas convergentes con nuestro wing Ramírez Banda cuando la cedamos a Jorge Toro que, corriendo, vendrá a descargarse a la entrada del área de ellos mientras nuestras manos hagan los dos movimientos en conjunto hasta conseguir el impacto, entusiasmados nuestros aplausos, nuestros gritos, conchesumadre, porque con Jorge Toro le vamos a pegar de una vez. Los gritos nuestros tan potentes van a ser como la pelota que sale al arco, usted también le dirá algo al canoso albino cuando habrá sacado la mano del bolsillo y la habrá puesto sobre el pantalón del otro; la pelota irá al arco y va a entrar pero sin girar, no bajará, se va a alejar apenas, saldrá por el costado derecho sobre el travesaño, y el canoso albino no la seguirá mirando a usted, va a terminar de darle el cigarro, se pondrá de pie, dará media vuelta y caminará con disimulo hasta el pasillo, el vestíbulo, la escalera, el acceso al palco, la entrada principal, el estacionamiento, el taxi, el aeropuerto a lo mejor, cuando la pelota se habrá perdido por el fondo, entre nuestros aplausos, la mala suerte y la conchelalora, y las manos de usted habrán regresado a los bolsillos del abrigo mientras se va a quedar viendo, cigarrillo en la boca, creeremos, el espacio que quedará vacío a su lado, bajo nuestros pies, en el campo.

Y ahí va a seguir el seleccionado de Brasil un gol arriba en el marcador ante nosotros. Seguiremos chiflando a espaldas de usted, que nos estará escuchando, y más allá en el palco va a seguir llamándola desde el mesón de las viandas el dirigente del mostacho doble que habrá recién destapado una botella rancia para mantener entretenido a su cófrade barbilampiño, y éste no dejará de levantar hacia usted la copa. Seguirá también el arquero del otro lado Gilmar plantando la pelota en el área chica de ellos, tomará distancia y le pegará a medida que nosotros desde la galería no dejemos de hinchar con el nombre de Jorge Toro, del país, del gol que buscaremos marcar sólo para que usted se dé vuelta y así la reconozcamos. En pleno sector nuestro caerá la pelota, se nos hará costumbre que la recibamos con Raúl Sánchez, a espaldas de Garrincha, y que la cabeceemos en busca de una combinación; con Jorge Toro lo entenderemos así, nos la querremos entregar por alto, la pelota bajará lentamente y Didí no la podrá alcanzar, como sí lo haremos de nuevo con Raúl Sánchez, y otra vez hacia Jorge Toro en el círculo central; la pelota se habrá levantado tantas veces en el aire para que localicemos nuestra visión a la altura del abrigo largo suyo, para notar desde atrás cómo usted habrá ido abotonándolo desde el cuello para evitar el chiflón frío, de qué manera apoyará los codos en la barra junto al mesón de las viandas, también que ahí se va a quedar a la espera del dirigente del mostacho doble con su cófrade de la champaña, una de las manos suyas siempre en el bolsillo. Vamos miércale, alentaremos todavía. Con Jorge Toro vamos a pegarle una vez más de cabeza hacia el costado derecho en nuestra mitad hacia el

Pluto Contreras, y rápidamente nos la haremos seguir a Eyzaguirre, y de éste al wing Ramírez Banda; gritaremos por la urdiembre de pases con que vamos a haber hecho evidente el dibujo, el dibujo en movimiento también desde las manos enguantadas suyas nos arrastrará sobre la barra límpida a medida que vaya usted siguiendo esto que oye en los altavoces del palco: con el wing Ramírez Banda seguiremos, aunque nos la vayamos a devolver hacia Jorge Toro; con éste corretearemos con la pelota y no vamos a querer interrumpir con un pase el flujo por nuestra izquierda aunque el guante de usted se moverá en sentido contrario porque un barman ahí le va a ofrecer una copa de vaina, y uno de los cófrades que habrá estado simulando su borrachera dirigencial en el mesón de canapés se va a dar vuelta para admirarla desde atrás en la barra de alcoholes; con Jorge Toro seguiremos avanzando cuando de repente, por detrás, nos meterá el pie derecho Garrincha antes de que hayamos podido eludir a Didí, y esa acción será falta, como va a señalar por una vez el árbitro Yamasaki Maldonado y su silbato. Detendremos entonces la pelota sobre los pastos en las manos de Leonel, desperdigaremos a nuestros rojos en el verde para invertir nuestra cuña porque ya habremos encontrado el nombre de nuestra estrategia; mientras los canarios formarán un solo rectángulo defensivo, hombre con hombre, tomaremos distancia con nuestro forward y empezaremos a correr con la mirada fija adelante en vez de hacia arriba. Escúchenos: qué le murmurará el barbilampiño cuando habrá apoyado su vaso whiskero al lado suyo en la barra, porque va a hablar también hacia adelante y no directamente a usted. Escúchenos: los otros, compañeros y rivales, esperarán el golpe franco hasta el arco tan buscado, o por lo menos hasta el centro de su área, pero el tiro nuestro será un pase fuerte y dirigido al extremo izquierdo del campo; la mano suya enguantada que no está en el bolsillo reaccionará alejando la copa de vaina de esos otros dedos rubicundos que estarán buscando tocarla; ahí estaremos apostados con el guerrillero Rodríguez, desde el cual continuaremos el zigzag de la jugada cuando Didí vendrá al suelo con dos pies adelante y nos va a adelantar la pelota un poco para que Djalma Santos la recoja y trote lejos, en busca de la recomposición de sus compañeros en el sistema que ya les habremos conocido. Sin embargo nos daremos cuenta de un detalle más, de que la mano rubicunda no querrá entrelazarse con el guante de usted, atrevida, sino que le habrá dejado un papel en la palma. Un cheque. Ya los conoceremos. Al pasarla a Vavá el pase no les va a resultar, la pelota se escapará hacia el centro y con Eladio alcanzaremos a cambiar su trayectoria con docilidad hacia Jorge Toro, que la hará seguir por lo ancho del campo hasta Eyzaguirre, y con él irrumpiremos corriendo en sentido vertical como la mano izquierda que sacará usted del bolsillo para hacerla descender sobre el papel que sostendrá con la otra para rajar el papel limpiamente en cuatro pedazos, y que lanzará al suelo por detrás del hombro suyo; vamos a aplaudirlo todo, también el pase que con Eyzaguirre extenderemos más allá hasta nuestro wing Ramírez Banda a la derecha, tan cerca ya del área como para que entendamos a los compañeros de la avanzada, para que la lancemos al centro del área peligrosa y, con el centroforward Tobar, nos zambullamos a darle un frentazo al arco en el mismo esfuerzo con que las extremidades de Zito se nos enredarán en su voluntad de lanzarla lejos, y vamos a confundirnos, y no entenderemos allá en el palco el gesto de ese cófrade barbilampiño que a duras penas se va a levantar arrugando la frente, si torpemente pasará a llevar su vaso whiskero o si se lo habrá lanzado a usted o si lo va a descartar, displicente, hacia el barman en un gesto con que le ordenará que lo rellene, y caeremos; la pelota se nos va a quedar dando bote el punto penal del área adversaria, la rozará apenas Zózimo cuando nuestra figura colectiva roja se habrá comprimido para que de ella desprendamos a Eladio y con él le peguemos, todo el momento y el lugar a nuestro favor. Nuestro tiro será recio; la mano izquierda enguantada de usted volverá al bolsillo. ¿Por qué el barbilampiño habrá disimulado su torpeza etílica para amenazarla, si él solito dirigirá su negocio en estas regiones desde hace décadas? El arquero contrincante Gilmar se estirará en vano y la pelota va adentro, puta la hueá, no; se nos habrá estrellado con furia la pelota en el palo derecho del arco brasileño. Pero va a volver al área, a nuestro pies: con Jorge Toro iremos el estadio entero, ochenta mil, a pegarle nuevamente; usted se habrá puesto de pie por corto tiempo y zamarreará con ambos guantes al barbilampiño por los hombros, un minúsculo insulto apenas se va a merecer antes de que usted vuelva a tomar distancia, le arregle la corbata, el pelo, el vestón, las colleras al malnacido dirigente que enseguida se habrá levantado para preguntarle a su valé dónde está el baño; con Jorge Toro iremos todos en el estadio a pegarle de nuevo y, ciegos, ansiosos, inexactos, se nos irá el pelotazo muy lejos de ese otro arco desprotegido.

Ahora el seleccionado de Brasil va a recomponer sus dos bloques en una figura sólida que nos contenga, por lo menos el arquero opuesto Gilmar en su saque de portería querrá eso al pegarle en busca de Djalma Santos, a la carrera por nuestra izquierda seguirá el ritmo de un estrépito agudo que nos hará volver la vista: habrán traído un teléfono al palco, escúchelo porque habrá sonado para usted. El tiro del arquero no va a llegar donde sus otros compañeros, sí a nuestros pies de Leonel, con quien vamos a bajar la pelota y empezaremos a correr aunque su rebote, la campanilla del teléfono, la mirada del hombre con el mostacho doble no se detenga, y el pase vendrá de vuelta a nuestro campo desde Mauro Ramos en una parábola que caerá luego sobre Garrincha. ¿Por qué usted se habrá quedado quieta en la barra? ¿Qué estará esperando? Garrincha, en cambio, correrá y correrá aunque con Eladio y Jorge Toro lo persigamos, combinados, independientes, y así despejaremos el terreno: vamos a escuchar que alguien más habrá descolgado el teléfono en ese palco inalcanzable, vamos a dejar que la reciba Didí y que pueda observar la apertura de sus compañeros wings por los bordes de nuestra cancha, y rojos también nos vamos a poner a custodiarlos en su trampa, esa figura donde Vavá va e irá corriendo por el centro hacia este arco que habrá sido nuestra concentración, no; irá y va Vavá balanceando la pelota sin otra marca que el contraste de su canaria sobre nuestro pasto verde, manchado, seco, quemado, amarillo por fin, y usted levantará la cabeza porque en sordina alguien dirá su nombre, cuál; no lo habremos podido pillar, por la chucha. A Vavá le vendrá de vuelta el pase largo desde Didí, se nos habrá puesto frente a frente, no sabremos si ir a quitársela con nuestro arquero Escuti o esperarlo; cuál nombre habrá buscado ese valé llevando en el palco el aparato telefónico de baquelita; no nos dejarán espacio ni tiempo. Tarde y lejos le vendremos encima con nuestro arquero Escuti, así que Vavá va a pegarle rápido, gol por la rechucha y no; el árbitro Yamasaki Maldonado habrá hecho sonar antes el silbato apenas entre nuestro alaridos, nuestros insultos de alivio: saco de huea demorón, por qué querrá hacerla a usted esperar y no le va a avisar que la habrán llamado. Por qué no va a decir el nombre suyo. Cuando el árbitro haya piteado la invalidez de la jugada, los players dejaremos de estar fuera de lugar; usted se habrá levantado de la barra para evitar el enroscamiento del largo cable telefónico en su pie al recibir el aparato, sostendrá por un momento la bocina. No querrá hablar o, por lo menos, no querrá todavía dejar de saber que con el Pluto Contreras vamos a poner en movimiento la pelota luego de la infracción, que desde atrás nos llegará el pase al arquero Escuti, y que desde él la vamos a patear hacia la derecha, fuerte, al medio de este campo nuestro donde la pelota va a venir y seguirá hasta el pecho de Jorge Toro, con quien sin embargo no lograremos controlarla. Dará en el delantero competidor Amarildo, y éste se va a apoyar en su compañero Zagallo; le pondrá justo el pase, le van a dejar ahí el aparato a usted para que hable. Entonces Zagallo saldrá enrumbado a nuestra área roja, pero antes interpretaremos la circulación entre ambos, la mano suya en el tubo telefónico, la pierna del Pluto con que haremos rebotar la pelota en un pase rápido hacia Honorino, y rápidos con él vamos a rozar el dibujo táctico que pocas veces habremos podido desplegar hasta ahora: un pase abierto a nuestro wing Ramírez Banda, que ya irá corriendo; con él no pararemos, vamos a dejar atrás a Nilton Santos y el tubo telefónico seguirá ahí, inerte ante usted, descolgado en la barra lo que dure el cigarro que encenderá mientras nos quiera escuchar en los transístores. No acompañaremos masivamente a Honorino en esta; así que con él vamos a pararnos, se la querremos devolver un par de metros atrás en los pastos a Jorge Toro y con él también seguiremos detenidos, la pelota en nuestros pies, a la espera de confirmar que no tomará usted el teléfono; que nos vaya a cuajar la figura plural de ataque, que nos alcancemos a observar simultáneamente todos y cada uno ahí, que pestañeemos, que mandemos la pelota de vuelta a Honorino. Vamos a girar con él al borde del área canaria cuando Zózimo se nos va a venir al suelo con ambos pies levantados para mandar la pelota en sentido contrario. Escúchenos a nosotros: deje salir todo el humo de su cigarro y con un dedo enguantado toque el tubo del teléfono que va a seguir boca arriba sobre la superficie lacada, ahí donde otro valé le ofrecerá un vaso de agua en señal de preocupación. Desde el tubo escuchará usted una voz incansable: que le responda, que nos responda; que le confirme que lo llevará a cabo; que no nos revele su nombre; que no gire hacia el público, que al no poder verle la cara ignoremos quién será la responsable de esto; que muy luego borronearemos su presencia: caerá la pelota de vuelta una vez más en el círculo central, pero ahora el delantero rival Amarildo no va a alcanzar a recibirla, porque con el Pluto mantendremos la posición para recogerla. Usted habrá podido reconocer la figura incluso si no fuera dejando minuciosamente las cenizas del cigarro sobre la barra lacada para ilustrar esto que le vamos diciendo: que la pasaremos a Raúl Sánchez, que el ordenamiento ofensivo de nuestro seleccionado mantendrá el dibujo aun si eso no tendrá efecto en el resultado. Porque esto no va a dejar de ser un juego, escúchenos. Porque la mandaremos en un largo pase por la derecha nuestra a Honorino, para que con él este guiño se vuelva mirada amplia; con él nos mandaremos mansa carrera por ese borde, dejaremos atrás a Zagallo de una sola gambeta, nos enfrentaremos a Didí y antes de que nos la quiten la pasaremos al wing Ramírez Banda, con quien vamos a esperar al compañero para dársela, y vamos a adivinar en la ceniza del cigarro de usted que la cuña se habrá vuelto una flecha. Con Honorino atravesaremos la línea de contención que los otros nos han puesto, y habremos pisado en propiedad nuestra área adversa; vamos a sentir en nuestras patas la pelota, aunque se nos levante y siga por los aires, aunque se nos confunda su opacidad cueruda con la esfera del sol que se termina de perder en las nubes invernales, y aunque le llegue a Nilton Santos, que aprovechará de tirarla lejos, de llevarla a ras de suelo por la misma franja derecha pero en contra nuestra; aunque vaya usted a apagar el cigarro sin disculparse con el barman por las rayas de ceniza que habrá dejado sobre la superficie lacada, dejará por un momento el tubo del teléfono en su mano enguantada sobre la barra: va a tomarle el peso a esa voz que insiste en que le responda, escuchará la nuestra que le dirá cuánto querremos alcanzar esa pelota antes de que se pierda, con Eyzaguirre iremos entreverados a Zagallo a agarrarla, qué enredo la mano de usted en el tubo; por favor no responda. Una sola frase, solamente, sin embargo. Eso dirá ante el teléfono, muy rápida, antes de colgar: ni ellos ni nosotros. Nos habremos confundido Eyzaguirre con Zagallo, la pelota se nos perderá por una línea lateral.

Acto seguido se va a quedar usted con las manos cruzadas sobre la barra, no volverá a mirar el aparato, cuya campanilla volverá a sonar dos, tres veces antes de enmudecer definitivamente. Se va a quedar quieta escuchándonos, sonará también para usted el silbato en la cancha: habrá llegado el momento de actuar. Nilton Santos va a sacar con las manos de ellos el saque lateral hacia Amarildo, el otro player en el centro, y la controlará cuando desde atrás vengamos a quitársela con Raúl Sánchez. Todavía no tendremos de dónde volver a tramar, sin embargo, de manera que le daremos apenas a la pelota para que se vaya de nuevo por la línea lateral. El saque esta vez lo hará para ellos Zito, alto y rápido hacia Zagallo; éste cabeceará en un solo gesto hacia el centroforward Amarildo de nuevo, y de nuevo dejará usted la mano izquierda enguantada sobre su paquete de cigarros en la barra, la derecha en su bolsillo. Ahí, de espaldas a nosotros, sabremos que nos habrá estado escuchando para alargar la espera del momento propicio. Iremos en defensa a interrumpir el circuito de ellos, sí. Con el Pluto Contreras aprovecharemos de pasarla sin pausa a Eladio en el círculo central, se nos abrirán por ahora los pastos en forma de una cuña colorada interpuesta en las camisetas canarias que se van a comprimir en bloque y, pisando la pelota con Eladio, cambiaremos el sentido de todo esto hacia la derecha; de ese bolsillo usted sacará nuevamente la mano enguantada, va a revisar el papel que ahí habrá guardado mientras con la otra golpeará la superficie lacada contando, marcando un pulso, indicando que hacia la derecha querrán los cófrades suyos que sigamos, ¿y usted? Hacia allá iremos igualmente porque en su persecución Vavá no nos dejará otra alternativa. Correremos todavía con Eladio a lo ancho del campo, volveremos a pasarla a un compañero, ahora de taco aunque vayamos perdiendo por un gol a cero contra los campeones del mundo, fíjese usted:

para eludir al hombre del mostacho doble que vendrá caminando a la barra, usted se dejará caer en una de esas poltronas del palco, una más entre las decenas de dirigentes adormilados. Así que cambiaremos la carrera nuestra con rapidez hacia la izquierda, sorprenderemos a nuestro acosador y, al hacerlo, la figura que nos habrá esperado avanzará en este juego de usted y de ellos, pues con Eladio iremos corriendo en línea recta por el medio de la cancha, sorprendentemente la poltrona a la izquierda suya continuará vacía y el del mostacho doble, mientras la va observando a la distancia con el ceño fruncido ante la imprevista resolana de este invierno, no podrá agarrar su brazo al mismo tiempo que planifica; seguramente habrá traído un libro de contaduría en su maletín, ahí habrá dispuesto las cifras con que va a hacer más rentable el negocio familiar que desde hace siglos habrán montado en tantos países bajo la fachada de democracia, justicia civil, sistema penal, cultura política y, desde hace unos pocos años, deportiva, así que chasqueará los dedos sin pestañear para que un valé le traiga una botella de champaña de mayor precio que esa que le habrán servido. Con Eladio seguiremos corriendo en línea recta por el centro de la cancha, la cuña se nos irá estirando tras el pase rápido a ras de suelo que nos daremos hacia Honorino, con él nos vamos a inclinar a la derecha, la pelota pegada al empeine, y nos apuraremos hacia el arco abierto para otros, chuchamadre; nos habrá forzado al grito Mauro Ramos con la pierna en alto y los toperoles en la nuestra, pero antes se la habremos podido entregar al wing Ramírez Banda; la poltrona al lado de usted tendrá que seguir vacía, aunque este circuito ya se habrá puesto en movimiento, sin pausa: desde nuestro wing la mandaremos al centroforward Tobar, con quien nos desplegaremos a ese rincón del campo siniestro para ellos, adversarios y colegas. Dejará usted caer la cabeza en el respaldo, imaginaremos que habrá cerrado los ojos para solamente escuchar estas palabras, y que así no nos verá cuando no la veamos: ante la persecución de esos que se le querrán acercar va a oponer usted la certeza de que, como a sus congéneres anteriores, le borrarán el nombre de este relato, de que su cara con su cuerpo y su figura no serán parte de la dirigencia, del abucheo ni del campo, pero sí del juego; por esa razón nadie va a venir todavía a reclinarse a su lado, en cambio la esperarán sin apuro en el mesón de las viandas y en el bar, sin apuro aunque con mayor convicción que usted. Eso creerán ellos y será mejor así, porque por el gesto de sus dedos en la frente notaremos que usted habrá decidido acelerar su tarea para antes del entretiempo: su meta va a ser llevar fuera del juego nuestra expectativa, nuestra espera; conseguir volvernos repetición, permanencia en la agonía y, finalmente, relato anodino al infinito esta ansiedad por el tiempo complementario, esta sensación de que una victoria nuestra habrá sido tan asequible como quimérica, de que podremos definir para todo esto alguna vez un cierre, un corte, una final, la culminación de esta serie de palabras que nunca se nos hará completamente propia; pretenderemos de ahí en más decir que seremos todos juntos los mejores sólo durante borracheras, partidos y literaturas que heredaremos a nuestra progenie; con suerte vamos a tramar una novela donde podremos llegar en masa, ochenta mil, ochocientos, ocho millones, al primer lugar, y sólo así conseguir una rebalsante copa que acto seguido le llevaremos en bandeja dorada a algún otro dirigente que no alcanzaremos a ver en el palco. Ese cófrade suyo la tomará por nosotros. Y en ese punto se nos va a alejar la realidad concreta de nuestros abucheos, cuando la imaginación, la capacidad de decir esto, la posibilidad misma de enunciar que vamos a intercambiar los roles esté también administrada por los dirigentes a esta hora en esta misma radio, gritos nomás que daremos porque con el centroforward Tobar nos vamos a recoger en el rincón del banderín adversario. Y escúcheme bien: ante el acoso de Nilton Santos, el dibujo de los otros ahora será una línea disciplinada en el área disponible y remota; ni siquiera levantaremos la vista hacia usted, porque ya sabremos que por la mitad del área rival nos iremos moviendo juntos, compañeros defensivos vueltos vanguardia, y con el centroforward Tobar dejaremos de una vez atrás al defensa canario, una sola carrera para levantar la pelota en ángulo recto justo cuando con Honorino nos despegaremos por fin del suelo, chetumare, y la pierna derecha se nos irá más atrás que la izquierda, así que le pegaremos en el aire al dar un solo salto, chetumá, en tijera, en chilenita, en tiro cruzado por todo el arco de ellos, sí: el arquero se les va a quedar estático y va a entrar la pelota pero no, por la rechuchetumare; se perderá por la derecha en un cacareo, allá lejos entre nosotros, no en medio de un rugido sino un gruñido, y una mano de usted que se levantará ante la otra suya en un solo aplauso, uno a cero aún, y dos aplausos no van a lograr que abra usted los ojos ante nuestra acrobacia.

La seguirá rapidamente el afortunado arquero Gilmar desde ese arco. La chuteará con potencia desde la otra área chica hasta el círculo central nuestro en que saltaremos con Jorge Toro para peleársela a Amarildo, y será este rival compañero quien la gane para pasarla a su colega Zito, más adelante ya en nuestros pastos; no abra usted los ojos todavía: el trazo de las carreras de ellos será vertical, uno solo y rápido porque mientras el centroforward canario siga corriendo el mediocampista se la va a devolver, y entrará entre los rojos Amarildo con todo el espacio entre nosotros, desconcentrados, mirando nomás hacia arriba y viéndola a usted de espaldas. Así que ninguno de los rojos vamos a llegar, por la mierda; Amarildo se enfrentará al arco nuestro en diagonal por esta área desgraciada de donde siempre saldremos y le va a pegar a la izquierda pero adentro no, por la concha, porque antes nos tiraremos al suelo, cabeza y brazos a la izquierda con nuestro Escuti, portero, por una vez a tiempo de bloquear el tiro con nuestros aplausos y, chillando, la pelota nos va a rebotar de vuelta. La recogeremos con Eladio a la salida de esta área resentida y nos van a seguir persiguiendo, esta vez el otro, Garrincha, que querrá chutear de vuelta a pesar de Eladio, con quien defenderemos nuestros chiflidos, gárgaras y canillas donde podamos esconderla hasta que nos callemos para poder oír el silbato del árbitro Yamasaki Maldonado, ese que nos va a detener porque para él con Eladio le habremos dado feroz patada al Garrincha: saquero, vendido, madre, hijo, lo seguiremos insultando; hermano; vecino para un vecino. Entonces usted abrirá los ojos. Esta ola de garabatos con que habremos desdibujado la figura nuestra que empezaba a aparecérsele la hará saltar de su poltrona. Con los rojos nuestros habremos formado a seis players en esta área para taparle el tiro a nuestro adversario extranjero, y con Escuti nos daremos instrucciones: en la figura borroneada nos quedará apenas una línea cárdena que va a cortar el verde seco en barrera, por favor que nos vea usted ante la flecha canaria en cuya base Didí, Garrincha y Amarildo decidirán quién le va a pegar a la pelota para azotar las redes nuestras que jamás nos pertenecerán. A la izquierda, más a la izquierda por la misma mierda, arreciamos desde la galucha. Se quedará usted de pie, escuchándonos, porque habrá entendido nuestros insultos; finalmente le va a pegar Didí sin siquiera tomar distancia y a ras de suelo, espabílense, tan rápido que la pelota traspasará el costado de nuestra barrera y menos mal que se va a perder por la línea de fondo a la orilla del área, lejos de la meta de alguien más. Lo habrá entendido usted: la meta de alguien más que seremos nosotros consistirá en partir de la defensa; la meta del seleccionado del Brasil, en cambio, atacar para evitar defenderse. El objetivo suyo será romper cualquier impulso de atacarnos y defendernos, eliminar la oposición para dejar a sus cófrades dirigiendo ahí en medio, creyendo que nos habrán estado dictando qué hacer aunque ignorantes de que sin dicotomía, sin separarse de nosotros, no alcanzaremos a verlos ni oírlos. Así por fin nos quedaremos nosotros, ellos y los rivales, desprovistos de la meta, del arco contrario, y nadie nos habrá informado de la abolición de esa regla básica del juego: ahora nos entretendremos corriendo lejos del círculo central, apostando por escapar de ese imán.

Usted se habrá quedado de pie, ya va a saber que los cófrades suyos en el palco del estadio no se molestarán en caminar hacia donde espera si no les parece que usted quiera ir donde ellos. Aceleraremos igualmente el saque de portería de nuestro arquero Escuti al costado con el wing Ramírez Banda, con quien se la dejaremos a Eyzaguirre más a la derecha y seguiremos trotando por ese borde para devolvérnosla en la forma de esa cuña colorada que también nos habremos decidido a trazar con mayor nitidez. Pero nuestra cuña se nos irá convirtiendo en embudo detrás del círculo central de esta cancha, así que con el wing Ramírez Banda correremos de vuelta ante la insistencia de Zagallo por quitárnosla, tanto que con el wing nuestro vamos a tener que pasarnos de vuelta la pelota mucho más atrás, a ras de suelo, a este arquero Escuti, con quien la embolsaremos entre los dedos y nos pondremos a observar cómo la cuña, el embudo, el cerro se enredará en una figura poliédrica sin nombre aún, y luego se nos va a aparecer otra vez una V, victoria para alguien en los pastos, venganza para usted, vanidad para todos si no vestigio, vacío, una V más abierta, dos palmas nuestras que convergerán en un aplauso, las manos suyas enguantadas van a seguir cruzadas detrás de su abrigo antes de que empiece a caminar hacia el mesón de las viandas en el palco, mejor que con el arquero Escuti cerremos las manos sobre la pelota contra el pecho, un guante suyo sobre el otro en forma de dos puños concéntricos: veremos eso y no, sin embargo, la cara de usted, que va a girar hacia el lado opuesto. Con Escuti haremos rebotar la pelota y le daremos fuerte hacia el costado derecho nuevamente, donde la iremos a recoger en los pies del wing Ramírez Banda cuando el árbitro va a silbar una infracción de Zito; se nos habrá venido de golpe su pie a la canilla. Con el mismo wing vamos a dejarla en el suelo y ejecutaremos el tiro libre, que nos llegará hasta Jorge Toro adelante, y volveremos a partir con el wing Ramírez Banda por la diestra para conformar la figura: desde el parpadeo de Jorge Toro, escuche usted, contemplaremos las combinaciones que nunca se nos ofrecerán; nos detendremos apenas para chutear la pelota en altura hasta la entrada de esa área lejana y opuesta por donde nos pondremos a dar gritos, y así correr con Honorino hasta chiflar y rechiflar por la cresta, árbitro, vecino, uña de mi uña, que Zito habrá venido por detrás a pegarnos cuando nos habremos arrancado, aplausos porque va a soplar su silbato Yamasaki Maldonado y la patada a nuestro delantero será tiro libre, aunque simulacro; asomada al mesón de las viandas del palco va usted a apoyar una mano enguantada para tocar el mantel, y parecerá su gesto timidez, desorientación; inmediatamente habrá llamado de nuevo la atención del tipo del mostacho doble. En los pies de nuestro wing Ramírez

Banda saldrá el tiro indirecto hacia Jorge Toro, con quien partiremos corriendo ahora por esa banda derecha de la cancha donde sus cófrades habrán demostrado los días anteriores algunos planes de desarrollo social por el deporte; el hombre del mostacho doble la seguirá con la mirada cuando le hable al respecto, usted de espaldas le va a indicar con la enguantada izquierda a un valé eso que irá en el plato suyo, y ensayaremos una repetición de la figura V con Jorge Toro, luego de contemplar las mismas combinaciones inasibles en nuestro parpadeo. Así que avanzaremos, nos detendremos apenas y, de repente, vamos a lanzar la pelota por arriba hasta la entrada de esa remota área canaria por donde vendremos corriendo con Honorino; nuestra ola de aplausos será su carrera, potente este gallo, y luego la rechifla y los alaridos que, putamadre, hermano de mierda, piñén de mi piñén, daremos al caer forcejeando con Zózimo, aun si sabremos que se tratará de un simulacro más el suyo, de usted y del juez Yamasaki Maldonado que no va a pitar. La tomará rápidamente el arquero desconocido Gilmar, nos intentará sorprender con un saque largo hasta el círculo central donde, con Raúl Sánchez, estaremos adelantando nuestro dibujo en la cancha, y de cabeza la vamos a devolver a la avanzada; en nuestra carrera la capturaremos con Eladio, de quien querremos que parta un pase al centroforward Tobar pero no, usted va a recibir la cuchillería y las viandas de manos del valé con afectación, fragilidad, duda, porque de esa manera el hombre del mostacho doble se adelantará a recibir por usted, sonriéndole, y dejará de escuchar por un momento que no alcanzaremos tampoco a interceptarla en los pies de nuestro centroforward Tobar, porque el movimiento será adivinado antes por Zito, aunque en vano: la pelota va a seguir rodando sin jugador nuestro ni rival que la recoja, el del mostacho por fin tendrá el plato de usted entre sus dedos, la capturaremos de una carrera entre los pies de Jorge Toro, en dirección al área de ellos y perseguidos por Didí, también por Zito; nos dará usted igualmente la espalda para caminar frenándose hacia el bar del palco, ahí donde los van a esperar otros valés sirviéndoles más copas, y de espaldas a Zito avanzaremos, no otra vez, conchamimadre: expúlsalo de una, árbitro Yamasaki Maldonado, nombre de tu nombre, y va a sonar el silbato porque el compañero rival habrá venido al suelo con el pie levantado a derribarnos.

Así mismo, simulando, usted va a evitar que sus dedos toquen la bandeja, la cuchillería, los tres tenedores, las cuatro copas con cachantún, vino blanco, tinto y otro líquido que ni siquiera en la caseta de radio sabremos cómo se llamará. Mejor vamos a apiñar a cuatro de nuestros rojos en el verde central a la salida del área, con un delantero nuestro caminaremos hacia el rincón derecho mientras el armado de contención de ellos se va a ir pintando con cinco players canarios en la barrera y uno libre en el área de los otros que querremos amenazar, atentos al wing Ramírez Banda con que nos estaremos yendo al rincón y, lo mismo, escúchennos, va a pasar al otro lado: con la izquierda se apoyará usted en la barra y empezará a sacarse el guante de la mano; en ese sector estaremos con Leonel, con quien vamos a tomar la pelota, la dejaremos a estos pies y seguiremos la conversación con Jorge Toro, al tiempo que el juez Yamasaki Maldonado habrá estado exigiendo inmovilidad a la barrera que los rivales van a conformar entre el rumor de nuestras voces alentando hasta el silbato, cuando con Leonel no chutearemos el tiro franco que los rivales compañeros habrán estado esperando, sino que la abriremos en diagonal a nuestro wing Ramírez Banda, y entonces todos vamos a desplegar las formaciones, terminará usted de sacarse el segundo guante con la lentitud necesaria para que el del mostacho doble se quede mirando la fricción del cuero contra la piel suya, la flecha de ataque rojo se nos hará nítida e igualmente nuestras bases en ambas puntas del área contrariada, al tiempo que el embudo de ellos, canario sobre el verde amarillo del pasto quemado cada mañana por este invierno, conformará un cimiento estable y curvo de cinco players con dos extremos en los ángulos del medio círculo de salida. Con la carrera de nuestro wing Ramírez Banda vamos a romper el flujo previsto en las figuras y usted lo mismo: dejará caer con planeada torpeza el guante izquierdo, esperará que el del mostacho doble se incline galantemente en su borrachera a recogerlo; en vez de seguir hacia nuestro borde de repente enfilaremos con el wing hacia el centro, previendo que la línea de donde va a venir la forma de flecha que estaremos armando la dibujará nuestra carrera vertical con Eladio, así que dejaremos justo la pelota para que le pegue adentro de ese arco y con fuerza, mierda, pero sin dirección; cuando usted haya desprendido el guante de sus dedos derechos y el hombre del mostacho doble esté yendo al suelo a recogerlo no sabremos si en realidad él desde ese momento se habrá estado desplomando, aunque con su misma mano izquierda usted se anticipará a agarrar tras un segundo su guante en el aire; la pelota se nos va a perder por la línea de fondo, lejos del arco de los otros; con la inercia de esa trayectoria vacía hará usted que el del mostacho doble caiga aparatosamente a sus pies con estrépito de bandejas, platos, comida, cubiertos y copas; una colisión de la que usted escapará como de nuestra mirada, indistinguible entre el montón de valés y cófrades que se habrán levantado a ayudar al infeliz. Para cuando el arquero contrario Gilmar ponga en juego de nuevo en su área chica la pelota, para cuando con los otros tome distancia, corra y le pegue en saque de fondo, ya los tiesos dirigentes del palco se habrán congregado a resolver qué negocio van a poder armar con el cuerpo del tipo del mostacho doble en el suelo. Algunos valés habrán traído sales, vasos de agua, un sifón de whisky medicinal, y se nos habrá escapado entre el pelotón la figura de usted dándonos la espalda. El chute del arquero va a cruzar por alto otra vez la cancha y el balón va a dar en la cabeza nuestra del Pluto Contreras, no; lo recibirá en cambio la de ellos, la del delantero distinto Amarildo, y con el pie derecho hará retroceder apenas la pelota para que Vavá pare, la entregue a la derecha nuestra al compañero adversario Zagallo, y los dos dibujos grandes se nos van a aparecer con claridad a medida que usted se irá perdiendo en el pelotón de los chismosos cófrades suyos sobre el palco: la H canaria, que va a avanzar por los pastos quemados mientras nuestro embudo rojo, plano, se achatará; en el wing Zagallo los otros habrán percibido la transformación, y éste va a tirar larga la pelota a ras de suelo por el borde de esta área que parecerá nuestra, esa por donde seguirá su carrera Amarildo si antes no lo interrumpirá nuestro pie estirado defensivamente, el de Raúl Sánchez, con quien ahora vamos a correr por la franja lateral derecha buscando el momento en que nuestro embudo se nos volverá flecha y entre los ternos oscuros de los dirigentes podamos recuperar el contorno suyo. Nos detendremos ahora con Raúl Sánchez en la línea de cal, miraremos adelante, arriba, y vamos a preparar un lanzamiento largo en busca de Honorino; con él habremos entrado por el área adversa, sin embargo en el salto de Zózimo ellos serán más ágiles, se van a suspender en la altura, pero insistiremos en transformar el rechazo de ellos en un pase de cabeza desde el wing Ramírez Banda hacia Eyzaguirre, movimiento nuestro que no prosperará porque Didí la va a alcanzar antes para empezar su carrera como punto de partida de la próxima combinación de players del seleccionado brasileño: una elipsis; donde sea que no la veamos, usted sí nos escuchará; mejor: una figura elíptica va a empezar para ellos desde el pase al otro, Garrincha, que va a correr y recibirla, que la devolverá a Djalma Santos para continuar el esfuerzo y Vavá, en posición paralela, va a conseguir un ángulo de donde extender el pase que volverá a Garrincha. Antes sí vislumbraremos el tramado con el guerrillero Rodríguez y vamos a anticiparlo, corriendo, interceptaremos el pase y nos daremos cuenta de que vamos a querer trazar ya no una V, sino una T sobre los pastos quemados de nuestro invierno: tarde, temprano, todavía una T reversible será mejor, una T que desembocará en el único player nuestro que va a seguir por el centro del área postergada de ellos; con el guerrillero Rodríguez seguiremos la marcha, vamos a girar en diagonal hacia el interior, a romper la organización con este pique y salir a un espacio donde la única alternativa será encarar el arco de ellos, subir la cabeza y pegarle: póngale empeño, compadre, y no, la pelota seguirá lentita a pocos metros del palo del arco; ni rastro de la espalda de usted entre esa pared azul marino, gris y negra de chaquetas, chalecos, suéters, americanas, levitas, fracs, libreas, hopalandas, jubones, bufandas, camperas, blazieres, chamarras, jerseys, gabanes, cazadoras, dormanes, sobretodos, macférlans, impermeables, gabardinas, sotanas, pulóvers, camisas, pecheras, chorreras, corbatas, plastrones, lazos, pañuelos, camisetas, chandales, tirantes, sombreros, zapatones, botas, calcetines, medias, escarpines, calzoncillos largos y bombachos cortos que se arremolinan junto a las copas, los copones, los vasos anchos y los cortos en las manos que se habrán apretado alrededor del tipo del mostacho doble que va a seguir tirado en el piso del palco. Así que el arquero de ellos Gilmar de nuevo le pegará por alto desde el fondo, y por alto la pelota va a cruzar la cancha hasta el círculo central donde con Jorge Toro cabecearemos en sentido opuesto, pero el envión se nos perderá a los pies del wing opuesto Zagallo; con Eladio la puntearemos, no lo suficiente para impedir que siempre la recoja Didí en el círculo central, que con él nos vayamos a tropezar cada vez. Y

119

sin embargo nos levantaremos protegiendo con el cuerpo la pelota; rojos y apiñados alrededor suyo la esperaremos, puteando para que el árbitro Yamasaki Maldonado silbe alguna infracción porque Didí la habrá tocado con la mano, y no: alguno de los cófrades suyos va a lanzar una broma para que el grupo de ropones azul marino en el palco se ría sonoramente sin quitar los labios de sus cocteles ni las manos de sus maletines, al tiempo que cuatro valés van a seguir, pálidos entre las carcajadas, tomándole el pulso al tipo del mostacho doble y acomodándolo con cuidado en el piso. Ni una sombra de usted allá. En cambio con Didí los otros rivales nuestros habrán previsto que querremos trazar de otra forma un plano colectivo, desde la forma de la cuña a algo que vamos a entender mejor; aprovecharán entonces de mandar la pelota directamente en pase largo a la punta de esa figura de ellos que va a ocupar Amarildo, a quien iremos a peleársela tan fuerte al suelo con el Pluto Contreras sobre su propio pie, que ahora sí, ahueonao, padre de tu padre, Yamasaki Maldonado marcará con su silbato una infracción y rápidamente el otro delantero la detendrá; vamos a esperar durante un instante solemne que aparezca usted por detrás del grupo enrojecido de guatones, pelados, dientones dirigentes que seguirán gritando sus risas y enmudeciendo nuestro aliento, nuestro garabato, nuestro aplauso, y no: el tiro libre indirecto de Amarildo se volverá un pase largo hacia Zagallo a nuestra derecha, quien la echará a correr para cimentar una H canaria en el seco pasto amarillo, húmedo, humeante, humoroso, tonos diferentes de la misma quemazón invernal; la burla de otro de los cófrades suyos entre las carcajadas azotará el palco, variaciones que van a distorsionar los bufidos, trinos e hipos con que el seleccionado brasileño se habrá movido en la cancha sin gritarse entre sus pases, sus carreras y sus pelotazos que se irán enlazando en el aire sin burla, e indescifrables entre el ruido se nos habrán escapado también las estrategias de usted para escondernos la cara. Así que no va a aparecer tampoco ahora, escúchenos aunque sea en alguna radio que estará traqueteando en esta tribuna mientras chiflamos: espabílense huevetas, agregaremos cuando se habrá hecho evidente en la H de los otros el contraste de nuestros rojos en plena área que va a dejar de ser nuestra; concentrados con el wing Ramírez Banda querremos quitársela a Zagallo, que irá y vendrá, paso atrás y paso adelante, con la pelota entre los pies hasta hacerse lugar como extremo de la vertical más avanzada de la H, y así entonces lanzará por alto la pelota en un cruce por toda esta área hasta el punto opuesto de esa línea que será Garrincha, ese que siempre va a estar corriendo por nuestra izquierda. Allí también nuestra singladura será en cada oportunidad la del guerrillero, la de Rodríguez,

121

ayudados por Leonel y por Raúl Sánchez en un cerco gradual; Garrincha jugará. Aunque le iremos encima con los dos pies del guerrillero nos va a dejar también en el suelo con su finta y retrocederá gambeteando cuando le insistamos con Raúl Sánchez para quedar también en el suelo con él: avíspense los pelotudos; el tipo del mostacho doble seguirá tirado, inerte, en cambio aun en el suelo con Leonel vamos a impedir que el incomprensible Garrincha siga y, por lo menos, le tiraremos por lo bajo una patadita con silbato inmediato, claro. El lanzamiento libre para el admirado seleccionado rival a nuestra orilla izquierda, a pasos de la línea encalada, será ejecutado en los pies del propio Garrincha: un tiro al centro, donde la figura canaria construirá una cuña, breve mejora de esa que no habrá alcanzado a volverse nuestra hace unos minutos, cuña de ataque con Amarildo al medio, Vavá y Zagallo a sus costados, un poco más atrás. Tras el lanzamiento de Garrincha desde el borde del área de donde vendremos, la pelota rebotará descuidada por nuestra parte más doméstica, roja, irritada la carne abierta; aunque a lo mejor usted ya se habrá ausentado del palco podrá escuchar aquí que los ternos van a dar un paso atrás ante el espectáculo colorado que se habrá desprendido inesperadamente del cuerpo cófrade suyo en el suelo del palco. La pelota va a seguir dando botes y no podremos recogerla con Eladio, aun cuando nos lancemos con él llevando un pie en alto; tampoco con Amarildo podrán ellos, ni con el Pluto Contreras en segunda instancia nosotros, hasta que finalmente con Eyzaguirre la recogeremos para trotar rumbo a los pastos contrarios, lo suficientemente lentos como para recomponer un trazado que no sea sólo nuestro dibujo irregular defensivo, impuesto, pañuelo de seda y no pañolenci, venda de satín y no saco yute clorado que algunos dirigentes del palco recibirán para taparse las bocas ante ese líquido que va a salir del cuerpo de su cófrade, inconsciente a sus pies. De Eyzaguirre escaparemos con la pelota hacia Jorge Toro, distraídos de la ausencia de usted, corriendo lejos porque no la podremos encontrar como una más entre un grupo de pálidos dirigentes burlescos, y en eso se nos adelantará Didí a interrumpir el circuito; con su impacto la pelota se nos vendrá de nuevo encima hasta el medio círculo de esta área de donde nunca habremos salido, y roja. Allá estaremos en alerta con Raúl Sánchez, sí: desde hace mucho tiempo sabremos defendernos, vamos a haber aprendido a pegarle, a cortar cualquier flujo de ataque por su apariencia extranjera aquí, donde habremos supuesto poseer una meta que cuidar; empezaremos cada vez, desde ese supuesto, la posibilidad de un agrupamiento ofensivo. Pasaremos la pelota a la derecha, se nos hará fácil en ese sector hacia Eyzaguirre, con quien marcharemos de vuelta al centro y eludiremos a uno, a dos rivales, superaremos el círculo central hasta que veremos por el mismo circuito una flecha abriéndose al wing Ramírez Banda; lo mismo entre las muecas del grupo monocromo de trajeados azul marino, gris, beige, negro va a reaparecer el canoso albino, alto y sin corbata, cromado ante los brillos postreros de este sol de invierno que también habrá decidido darle la espalda a nuestra cordillera para convertirse en polvo, en neblina, en humo hasta mañana. El canoso albino va a ejecutar un solo giro de su dedo índice anillado en oro blanco y el grupo de trajeados se empezará a abrir, a alejarse del cuerpo inerte colorado en el piso del palco; el grupo en forma de flecha; con el wing Ramírez Banda vamos a notar que por la punta correremos más a la derecha con Honorino, ambiciosos. Con Honorino habremos controlado la pelota, nos giraremos para enfrentar el bloque que empezará por Nilton Santos y, a punto de pasar, éste la va a alcanzar con el empeine y nos la devolverá a estos pastos, aquí donde va a venir el otro wing Zagallo: nuestra derecha será por donde más avanzaremos, y al mismo tiempo nuestro flanco más frágil; no nos vamos a resignar a que haya desaparecido la figura de usted, a que se haya escapado, escúchenos; no entenderemos que una sola figura se pueda conformar sobre los campos entre nosotros, pero sí que Zagallo habrá empezado a correr tan rápido, porque él sí verá desde sus pies el borde de la segunda línea de la H de ellos, que no se detendrá aunque tenga los ojos puestos en los otros puntos de esa formación. A su lado, Vavá. Y nosotros instintivamente estaremos seguros de que usted podrá ver esto desde arriba, sin este relato: vamos a apretar el embudo rojo que vibrará contra las gamas distintas del pasto quemado y de los players brasileños; se dará usted cuenta, donde esté fondeada, que aunque tosco nuestro embudo los va a detener, así que Zagallo decidirá devolverse por la línea vertical hacia atrás y le entregará la pelota a Zito. Conforme la formación sea compleja y el apiñamiento irracional, notará usted que en el palco habrá bastado un solo aplauso de las manos cromadas del canoso albino para que se desbandara por completo el muro de trajes, aunque no la seguidilla de burlas hacia todo lo que va a seguir a los pies de ellos; de manera que simétricamente Amarildo aparecerá en esta área que se nos habrá vuelto roja como centroforward libre, hendidura de esa H, hombre, humo, hacienda, y a él llegará el pase lineal desde Zito para que se la toque de vuelta en la carga fulminante. Pero el suelo nuestro seguirá siendo pedregoso, blando, irregular, así que la pelota dará ahí un bote inesperado y se levantará lo justo para que con Jorge Toro se la arrebatemos a ellos y la prosigamos hacia Leonel, desde quien devolveremos el pase para salir corriendo hacia el extremo de la figura de ellos disolviéndose mientras con Jorge Toro aumentemos la intensidad del trote para cruzar el círculo central. En ese punto frenaremos un momento; vamos a observar que algo tendrá que asomarse en nuestro horizonte: una forma colectiva que podremos seguir, y aun así preferiremos entregarla a la punta derecha, donde en ningún momento habremos dejado de movernos con el wing Ramírez Banda para montar esa parte de la flecha que prometerá un brillo distinto al del sol de invierno, al de la camiseta adversaria y al del oro en la mano del canoso albino en el palco, un brillo en nuestros propios tonos colorados, sanguinolentos, cúpreos. Con el wing Ramírez Banda correrá nuestra diagonal hasta el borde de esa otra área impropia cuando se la dejemos a Honorino, con quien vamos a intercambiar lugares: la disposición nos será plural ahora que allá arriba los cófrades de usted se habrán desbandado ante el espectáculo del cuerpo en el suelo; con Honorino también nos habremos dado cuenta, avispado el compadre, a dónde irán los nuestros, y lanzaremos la pelota en un pase largo por esa área de ellos, aunque más rápido esta vez será Mauro Ramos para meter el talón y desviarla hasta el sector de Nilton Santos, frente al banderín del córner rival. Cuando el back extremo de ellos le haya pegado por toda la orilla derecha nuestra, acá en la galucha quedaremos turulecos porque de un apurado despeje defensivo habrán armado un dibujo pentagonal cuyo lado izquierdo va a sobrepasar el derecho nuestro, y ese pase irá a los pies del wing de ellos Zagallo, quien, enfrentado en su avance al nuestro Ramírez Banda, se va a mover encima de la pelota sin poder continuar todavía el trazo adelante y al centro. Así que, en el momento que la hagan retroceder de nuevo hacia Nilton Santos, desde uno de los cófrades suyos que se habrá dejado caer en una de las poltronas de cuero en el palco vendrá un bostezo; en cambio, ante la arremetida nuestra con Honorino, el compañero rival en la defensa de ellos levantará con un pie la pelota antes de sobrepasarnos sutilmente y seguir corriendo: sólo así, nos daremos cuenta, podrán romper la figura anterior en el camino a construir otra indescifrable para nosotros; irán en busca de una nueva forma de cuña, creeremos cuando lancen de otra manera el pase hacia el delantero de ellos Amarildo. No la veremos, no la veremos a usted todavía y sin embargo aún podremos correr con Raúl Sánchez para capturar antes la pelota y empezar un recorrido también distinto, si no fuera porque el árbitro Yamasaki Maldonado, vecino inesperado, va a silbar lo que según su ceguera habrá sido una infracción previa de Nilton Santos sobre nuestro pie de Honorino. Nos acomodaremos sobre la grama quemada, vamos a procurar movimientos amplios entre nosotros y simularemos poner en juego la pelota mediante un tiro indirecto del Pluto Contreras hacia el wing Ramírez Banda, con quien mantendremos un largo sector que recorrer en busca del siguiente eslabón, y lo conseguiremos mediante una figura distinta: dos bloques rectangulares en cuya vanguardia nuestro wing fungirá de ángulo derecho con respecto a una línea que nos va a unir con Jorge Toro, enlace a su vez con el bloque de centroforwards nuestro a pesar de que Zito se nos habrá venido encima, y nos impedirá distinguir que nuestro movimiento es ruido de abucheo, armonía o imaginación simplemente. Entonces con Jorge Toro suprimiremos un ratito el impulso colectivo, borraremos la compañía, dejaremos de buscar la cara de usted allá en el palco y nomás vamos a quedar frente a frente a ese mentado arco que deberíamos querer cruzar con un pelotazo nuestro. Así que le pegaremos nomás: desde fuera del área, mierda; con toda la fuerza, mi alma, y este pechito, estos brazos, este aliento irán y vendrán junto a la pata de Jorge Toro en su impacto con otros gritos roncos nuestros, conchetumadre; la pelota entrará por arriba, irá subiendo al rincón cuando el arquero Gilmar de repente va a saltar desde dónde, el desgraciado que con las dos manos impedirá el gol y nuestro aplauso.

Con Leonel aceleraremos el tiro de esquina en pase corto hacia el guerrillero Rodríguez, quien nos la devolverá cuando ya hayamos consolidado un esquema de cuatro rojos entre el embudo canario que vigilará esa área ajena, deseable por un momento y sí, ahora: aunque todavía un par de los cófrades de usted aplaudan también, otros más allá sostendrán anchas copas de brandy lejos del bar, fingiendo una conversación para observar cómo el canoso albino se va a agachar para exigir a los valés que habrán estado atendiendo el cuerpo tirado en el suelo que vuelvan a sus puestos de servicio; la mirada nuestra no podrá concentrarse del todo en la pelota porque una vez más, siempre, estaremos buscándole la cara a usted aun si sabremos que nos será imposible verla sin perderla, sin perderla en el campo, así que antes se nos desviará hacia un grupo de enfermeros macilentos que vendrá entrando por las puertas del estadio, escúchenos. Cuando con Leonel querramos pegarle a la pelota por alto en dirección al centro del área opuesta caeremos sin embargo con Honorino, a punto de conectarla con la cabeza; caeremos y caeremos, juez de la conchesumadre, sin que Yamasaki Maldonado haya silbado infracción alguna, juez de su justicia porque con nosotros se habrá dejado caer también Zózimo a pegarle con la cabeza hacia el suelo, y como va a quedar rebotando le dará Mauro Ramos lejos de esa área inminente para que se nos vaya a perder en la línea lateral. Los enfermeros macilentos se echarán el equipo a sus espaldas antes de subir por las escaleras, escúchenos: con el guerrillero lanzaremos el saque de costado hacia Eladio, por quien ante el apuro de Garrincha, siempre Garrincha, nos haremos llegar la pelota con dificultad hasta Jorge Toro, pero antes nos la habrá levantado con un pique Didí hacia su compañero en la delantera una vez más, y a la carrera el punta de lanza, el Garrincha nos mostrará según la velocidad del circuito de ellos cómo de espaldas podremos en algún porvenir desplomarnos para pegarle de revés a la pelota, cómo va a ser posible ir al suelo pero no caer tras un pase hacia la derecha del ataque de los otros, ese lugar que va a consolidarse como la izquierda nuestra, en busca de Vavá; el lugar de Vavá habrá sido el pivote en ese esquema fulminante si no va a ser por que ahí esperaremos de pie con Raúl Sánchez, con quien nos devolveremos para partir desde la puerta con nuestro número uno Escuti; así varios botes después la sacaremos con el pie hacia la banda derecha, y no vamos a ser más capaces de interrumpir este relato por alguna sombra de usted que apenas querremos creer asomada en el palco, y no vamos a ser más capaces de interrumpirnos porque vengan subiendo los enfermeros macilentos por la escalera hacia el cuerpo tirado en el suelo allá arriba, y no seremos más capaces de interrumpir ahí donde estaremos con Jorge Toro bien firmes, los dos pies sobre una inusual mota verde entre estos pastos quemados; desde ahí empeza-

remos a enhebrar una flecha de ataque que nos parecerá
nuestra y plural por su brillo encarnado, y no seremos
más capaces de interrumpir el circuito hasta que venga
por detrás el delantero a mansalva Amarildo y nos dé una
patada en la suela. Caeremos, caeremos, caeremos por la
concha, puteando mierda, lanzando aire con estos brazos
crispados porque no vamos a poseer un solo objeto con
que darle desde acá al desgraciado como proyectil, nada
nuestro que tirarle en la cabeza al saquero, juez y parte
sí: esta vez el juez Yamasaki Maldonado, pifia de su pifia,
sancionará la infracción para que nuestras morisquetas
se nos transformen en aplausos cuando el propio centroforward de ellos nos venga a dar la mano para pedirnos
disculpas. Con Raúl Sánchez prepararemos el tiro libre
en el lado izquierdo de este círculo central que tampoco
será nuestro; porque nos habremos dado cuenta ya de
que este campo habrá sido desde mucho antes también
propiedad de esos cófrades que inclinarán hacia atrás sus
trajes monocromos, no sabremos si en arcada, en risa
grotesca o en gárgara de brandy; ahora vamos a saber
que no poseeremos nada y nada nos poseerá: ni un solo
objeto que tirarle al árbitro, hermano de nuestro hermano, la próxima vez que cobre en contra de los ochenta
mil, los ocho mil, los ochocientos, los ochenta, los ocho
que aún aguantaremos este frío que se va poniendo más
seco a esta hora de último sol en nuestro julio; porque

los tablones de esta galucha van a seguir perteneciendo a las poltronas del palco terminaremos de creer que con nuestros players de la defensa seremos la base de una cuña nueva de ataque, y sin embargo no aparecerá completa su forma ante nosotros. Así que correremos a cruzar el tiro libre con fuerza por toda la cancha, con tanta rabia que la pelota se va a perder en la intersección de la línea de fondo con la marca inicial del área esa que ya ni siquiera se nos hará remota, apetecible, contraria. Por eso ya no vamos a fijarnos en cuántos serán los enfermeros macilentos que habrán subido por la escalera hacia el palco, ni en el detalle de los equipos médicos que vendrán arrastrando. Apenas relataremos que un arquero Gilmar sacará desde el arco su pelotazo en busca de Zito, quien va a recibirlo y entregarlo a Amarildo, parece; llegarán cerca de esta área un poco roja donde nos vamos en retroceso con Eyzaguirre, y mandaremos la pelota hacia nuestra propia línea de fondo: qué tanto si el árbitro Yamasaki Maldonado va a silbar para que sea tiro de esquina en contra nuestra, qué tanto si Zagallo junto al banderín habrá acomodado la pelota a la espera de una ráfaga de players canarios sobre pastos doblemente quemados; qué tanto si ahora van a formar una figura que nunca habremos visto, ábside, escalón por escalón los enfermeros macilentos, de una punta a otra del área de nadie, ni ellos ni nosotros. Y qué tanto si de ahora en adelante serán más pillos en su formación los centroforward brasileños que nosotros, qué tanto si Zagallo va a elegir a cualquiera de esos comparsas, y qué tanto si tras un pelotazo bajo, corto, lento arremeterá Garrincha por la derecha y no por la izquierda nuestra sin saltar, con la cachaña suficiente como para que con nuestros defensas un poquito rojos hagamos apenas lo necesario para pararlo, qué tanto: no se habrán detenido los enfermeros al entrar al palco en medio de las risas admiradas de los cófrades para que reaparezca usted, un vislumbre siquiera, la figura suya por detrás de unos trabajadores más pálidos aun que los valés, y qué tanto que entre botiquines, máquinas de oxígeno y camillas se asome usted apenas por entre las grietas del muro de terneados monocromo, gris, negro, de luto ahora porque nunca se habrán disuelto ante la caída de un colega; qué tanto que por detrás de ellos una espalda haya dejado ver la punta de su abrigo colorido y de su larga bota encue-rada, que habrán salido por detrás de la barra, qué tanto; se estará usted guardando algo en uno de los bolsillos, no alguno de sus guantes ni un papel en la palma, tampoco el encendedor ni la cigarrera, sino un objeto vaciado tras la acción definitoria que ya habrá realizado, y qué tanto: Garrincha va a cabecear desde el tiro de esquina de Zagallo como sea, la pelota de ellos saldrá impactada a meterse junto al palo derecho del arco que ahora dirán nuestro para que sea gol, gol, otro gol de ellos, qué tanto. Garrincha habrá saltado entre sus compañeros, brazos abiertos que lo van a rodear, incluso algún aplauso tímido nuestro va a reemplazar las puteadas que se nos habrán acabado. Y sin embargo sucederá un brillo mortecino a los reflejos del sol recién escapado por esa cordillera que nos habrá querido encuadrar los Campos de Sports: el encandilamiento, pestañeo apenas, de ese objeto vaciado que habrá sido botellita, tubo de ensayo, ínfimo frasco sin etiqueta en el guante de usted antes de que dejara la mano suya en lo más hondo de su bolsillo.

Acto seguido en el círculo central haremos como si reiniciáramos el partido con Eladio y con Jorge Toro, creyendo que se nos ordenarán los esquemas con la re-aparición de usted, ahora que el segundo gol del selec-cionado canario habrá aumentado las ventajas ya enor-mes de cualquiera sobre nosotros. Con Jorge Toro vamos a pretender que retrocederemos la pelota hacia Eyzagui-rre, con quien el truco será hacer como si la pelota co-rriera hasta sucumbir al asedio de Zito y Zagallo, quie-nes sí parecerán esforzarse hasta que, mirándolos bien, nos daremos cuenta de que también estarán fingiendo, así mismo los de acá y los de allá y los de allacito, inclu-so quienes vayan a caer en la final, en otras finales y en la final que alguna vez será la última; cada paso con cada pelota será una mímica nomás, así que tendrá usted ahí otra razón para apoyarse a fumar en la barra junto al canoso albino, y para soplar la humareda hasta rodear esa quijada filuda con que va a pronunciar acentuadamente instrucciones a los enfermeros macilentos que, como parvá, se habrán abalanzando ante el cuerpo inerte para que al levantarse no queden en el suelo más que unos restos comestibles, un par de cuchillos botados y restos de vidrio. Lo mismo: ante el asedio de Zito y Zagallo querremos hacerles creer que iremos pasándonos la pelota hasta nuestro wing Ramírez Banda, con quien se supone que entenderemos la carrera que habremos empezado desde los pies de Eyzaguirre hacia adelante por la franja derecha, y parecerá que nos la devolveremos de vuelta, que por fin una forma colectiva nos habrá correspondido cuando no vayamos a confiar en ella: nunca más una letra, sino una herradura; cierta herradura botada en el campo, y podremos fingir que nos agacharemos a recogerla antes de pegarle; una herradura en ataque. Según esa ilusión la vamos a recibir de vuelta con Eyzaguirre, combinaremos enseguida con el wing Ramírez Banda más al centro, en paralelo; usted querrá dar a entender que fuma, que se habrá estado apoyando en la barra al llevar la boquilla hacia los labios, sin volver la cara hacia nadie que pretenda mirarla, entonces podrá alcanzar con esas volutas la quijada del canoso albino que en su idioma duro actuará de dirigente para los dirigentes. El juego habrá consistido en que ellos crean que con Honorino estaremos entrando al área que simularemos llamar campo rival, que Zózimo va a pretender interrumpirnos y le va a pegar de vuelta; será como si su tiro lo recibiéramos entonces en los pies de Jorge Toro, como si observáramos con él esta herradura convertirse en una flecha cuya punta cobriza sería justamente el wing derecho nuestro Ramírez Banda, como si por ese costado nos diéramos un pase largo a ras de suelo en busca del wing con que prepararemos un tiro hacia el centro, y como si el remedo de nuestro esfuerzo no estuviera ejecutado con precisión: el humo suyo de repente haría toser al canoso albino, aparentaríamos que la potencia de este intento de disparo fuera excesiva y sin una dirección adecuada: el dirigente de dirigentes se doblaría sobre su pecho; los enfermeros macilentos tendrían que arrimársele con un tubo de oxígeno y, en la rapidez de la afectación del canoso albino, irían a dejar caer la camilla con los restos del cuerpo que habrá yacido antes en el piso del palco. Usted bajaría lentamente una mano para soltar la colilla de su cigarro, con el dorso de la otra sobre la frente simularía espanto ante la escena y nosotros, esta murmuración vacilante, remedaríamos en voz alta la decepción de que la pelota se fuera lejos, detrás de ese arco que sólo para nuestro aliento se habría vuelto mero trasunto de antagonismo. Entonces

136

el arquero encubierto Gilmar le pegaría fuerte desde ahí hacia el campo que llamaríamos nuestra derecha. Desde el bolsillo del abrigo la otra mano de usted, enguantada ahora, extraería un pañuelo vaporoso para ofrecérselo al canoso albino, quien por primera vez le dirigiría directamente la palabra extranjera suya en agradecimiento por su gesto. El pelotazo que caería en el círculo central de la cancha sería controlado por Amarildo, ese que tal vez la haría retroceder a Didí para que de ahí el espejismo empezara a equipararse con una arcada invertida en dirección a sus compañeros, que creeríamos contrarios por la fragilidad de esas formas; porque ahora todas lo serían: bloqueada nuestra visión de usted en el palco por dos valés que parecieran insultar y reírse de las auxiliares que terminaran de barrer los restos sanguinolentos dejados atrás por los enfermeros ya desvanecientes en la escalera, notaríamos sólo la encuerada mano suya gesticulando con el cigarro en el aire; acaso le estaría discutiendo de vuelta al canoso albino, proponiéndole algo también o traduciéndole este relato: cuando Didí la diera a Zito, cuando éste dimensionara la arcada al pegarle largamente por nuestra derecha hasta alcanzar los pies de su back lateral Djalma Santos, quien por ese borde de la cancha le daría el pase de inmediato a Garrincha, y cuando éste, enfrentándonos con Jorge Toro y el guerrillero Rodríguez, la pasara a Vavá para seguir corriendo, a lo mejor se dibujaría también el otro lado de una figura permanente que, sin embargo, no veríamos que fuera a desaparecer por nuestra interrupción con Jorge Toro, por nuestro pase de taco hacia el guerrillero Rodríguez; desde el guerrillero al centro comenzaríamos a imitar la base de esa formación, y al imitarla nos equivocaríamos en una forma inaudita: si nos importara, sería el despliegue de otro tipo de flecha que se sostendría por nuestra vertical con Eladio, con nuestra carrera y con nuestra llegada al centro de la cancha a combinar con Honorino, para recibirla de vuelta desde nuestro delantero, para cruzarnos al mismo tiempo con él a la izquierda y tramar en dirección suya nuestro pase en un lanzamiento del centrocampista. De manera que con Honorino tendríamos que movernos ágiles en demanda de esa área que quizá sí tendría que ser roja, tan rápidamente que nos olvidaríamos de este remedo nuestro: se olvidarán así de ese remedo, eso sería lo último que supondríamos le habrá dicho usted al canoso albino; que mientras estos cuerpos en los campos se nos muevan no pararemos mientes, que si con Honorino nos agitaremos en demanda de un área que no sea la nuestra, y, si antes de entrar frente al arco de ellos, cerrado el paso por Didí y por Mauro Ramos, le vamos a entregar la pelota a nuestro compañero en la avanzada, el centroforward Tobar, el diagrama de una máquina formada por ochenta mil personas pondrá en movimiento más que acción física; y ese movimiento echará andar las máquinas industriales, escucharemos que le va a responder en su lengua forastera el dirigente de la dirigencia, así que usted agitará la cabeza riéndose o negando con énfasis, tendremos que elegir una de las dos opciones: con el centroforward Tobar nos la vamos a devolver para preparar el tiro de ataque, pero Zózimo preveerá la elección y con el pie nos habrá bloqueado el pase decisivo no obstante el silbato, las acciones que se habrán detenido momentáneamente porque el juez Yamazaki Maldonado, pausa para una ejecución mayor la del desgraciado, va a marcar una infracción por golpe de Mauro Ramos en la pierna nuestra de Honorino. El movimiento echará a andar las palabras suyas y las palabras suyas echarán a andar el movimiento, replicará el canoso albino, para luego detenerse a esperar de usted una respuesta; con los players nuestros estaremos preparando el tiro libre a quince pasos de esa área que simplemente necesitaremos convertir en tierral, en polvadera, en desierto nuestro, un lugar donde podamos instalarnos a jugar por lo menos durante un tiempo complementario, y así lo discutiremos con Eladio, con Leonel y con Jorge Toro: vamos a observar la convexidad de la barrera que el seleccionado canario habrá construido en defensa suya, decidiremos que desde el pie de Jorge Toro será franco el golpe sobre la barrera y le pegaremos nomás, sin correr, un par de pasos con él hasta la pelota suave, potentemente en dirección al arco, conchetumadre; porque algunos todavía tendremos algo en nuestras bocas para explotar en celebración cuando justo va a girar la pelota en su trayectoria apenas desviada, cerca del palo izquierdo del arquero vencido Gilmar, y nos quitaremos los gorros una vez más para sentarnos escupiendo lo último que nos habrá quedado. Usted no le responderá todavía al canoso albino. Se va a tomar el tiempo de quitar el pucho apagado de su boquilla, lo dejará con cuidado en el cenicero sobre la barra mientras habrá escuchado nuestro grito, y encenderá otro entre las pifias y aplausos nuestros. Dejará salir la primera exhalación con cuidado, se sacará un guante, se llevará la mano desnuda ahí, a esa parte detrás de la oreja de usted que sí ahora alcanzaremos a ver, el lugar donde habrá empezado a torcerse algunas mechas entre los dedos con la mirada hacia el cielo oscuro, pesado, sin nubes ni sol, sin luna ni estrellas, la hora sin día ni noche de este Ñuñoa nuestro, y sin perder la compostura el canoso albino girará hacia usted en un gesto inesperado: a él, que lo va a tener todo, nadie podrá dejarle esperando una respuesta. Desde el lejano arquero Gilmar el chute del saque de arco cruzará la cancha y será buscado por Amarildo en el círculo central, y a la carrera con el Pluto Contreras vendremos antes a cabecearla, a quitársela; aunque sea sin dirección no dejaremos de movernos más, sólo así vamos a evitar darnos cuenta de que todo esto habrá sido remedo de algo que no recordamos, de que correr todos juntos en un estadio es también un trabajo para otros, ochenta mil, ocho millones moviendo la máquina del triunfo: preferiremos esta carrera a seguir corriendo cada maña- na y cada tarde tras un animal, perseguidos por los pacos, para llegar a tiempo y sacar a alguien inerme de su cama porque habrá empezado una vez más el terremoto. Se- guirá usted fumando quieta ante este nuevo relato nuestro, va a tener que sostener con la suya esa mirada del director de directores como violencia que se agrega- rá a la nuestra sobre usted, porque todavía no le habrá respondido; le servirá para esta espera que comience a sonar de nuevo el aparato telefónico en el palco, que el valé se apurará en traer, en descolgarlo y en dejar el tubo del auricular en la superficie lacada. Le servirá a esta espera escuchar que el movimiento colectivo va a estar por una vez formado nítidamente para nosotros por los players canarios, uno de cuyos pilares será el centrocam- pista Zito por la derecha nuestra, y a él va a llegar la pelota tras el cabezazo que le habremos dado con el Pluto Contreras sin dirección, porque de ninguna ma- nera podremos dejar de movernos, rojos, desperdigados por el campo, y al borde de esa figura colectiva, en pase largo a ras de piso, estará esperando el delantero Vavá, quien la va a recibir pisando la línea lateral y empezará la carrera, se apoyará en el wing Zagallo, se va a meter en el sector de peligro nuestro con la pelota entre los pies, pero antes iremos al suelo con Eyzaguirre, y con un pie la pondremos a rodar en sentido contrario por la derecha nuestra, la vamos a recoger con el wing Ramírez Banda a la ofensiva; reflejaremos nuestra carrera en la expresión de ofensa del canoso albino ante el silencio de usted, que se habrá puesto de nuevo un guante y seguirá fumando, tocándose el pelo en vez de responder a su pregunta o de tomar la llamada telefónica; la ofensiva y la ofensa constituirán un movimiento que tampoco se va a detener: usted tampoco le contestará eso, sin embargo, porque habrá querido que el dirigente de dirigentes afine en su rabia el oído para escuchar nuestros aplausos, nuestros gritos, vamos de una vez por todas, compañeros. Interrumpiremos nuestra carrera con el wing Ramírez Banda cuando vayamos a enfrentar a Zito, será preferible pegarle con el pie izquierdo para que la reciba Jorge Toro y con él, en virtud de su mirada más amplia, cuando ya se habrá ido la tarde, no habrá llegado todavía la noche y no amanecerá, notaremos ahora que se habrá puesto en movimiento la herradura nuestra, la herradura que habremos recogido en el campo, en una acequia, la herradura que alguna vez habremos conseguido ahí luego de caer contusos, borrachos, acorralados, en ausencia de otro animal más grande, más manso, más fuerte que nosotros, y con el fierro oxidado entre las manos nos habrá levantado la idea de que sólo moviéndonos vamos a hacer justicia con nuestras manos y pies; vamos entonces a tramar algo con una herradura, de manera que desde Jorge Toro lanzaremos la pelota por arriba, de vuelta al wing Ramírez Banda, con quien ya habremos alcanzado la línea media de la cancha y recibiremos el pase; pero no, vamos a gritar a la carrera, mientras veremos que el canoso albino habrá estirado su brazo, su mano, sus uñas manicuradas, y que usted limpiamente levantará el cigarro hacia la boca suya de manera que el gesto se le vea torpe porque agarrará aire, no: el canoso albino, director de otro imperio más, se las va a arreglar para que sus manicuradas sigan hacia el tubo del auricular y lo recojan. Ya no será el tiempo de la herradura, sino de la irrupción, entenderemos con el wing Ramírez Banda, así que con nosotros la masa se tendrá que hacer flecha; sin detenernos enviaremos la pelota a la punta que nos habremos entrevisto, esa que estará avanzando colorada sobre los pastos moteados de amarillo; la velocidad de Honorino, en cuya carrera parecerá que vamos a romper algo, y sin embargo de repente vamos a caer de nuevo, ¡árbitro!, caeremos en el medio círculo de entrada al área ajena ante el defensa Zózimo y, hueá de

143

mierda, no habrá silbato que sancione ese empujón. La pelota solamente va a salir chuteada por Zózimo lejos de ahí, hacia nuestra retaguardia, sin destino ni figura alguna, nada más una serie de rebotes en este lado que terminarán en los pies del Pluto Contreras, y desde él no podremos detenernos, no; no la habrán tocado a usted los dedos manicurados del canoso albino, su mirada no le buscará los ojos suyos: le bastará con mirarla fumar en silencio, oyéndonos, mientras habrá arrastrado el cable del teléfono por la superficie lacada. Desde el Pluto Contreras en adelante no nos vamos a dejar de mover, aunque ante nuestros trotes pasarán diferentes figuras colectivas, la W, la H, la herradura, la formación ojival invertida ya no hacia el cielo, sino dirigida hacia nuestros cuerpos; recibiremos la pelota en los pies de Eyzaguirre, sólo nos va a servir el sentido de la flecha para atacar alguna vez, sólo una estrategia violenta que tramaremos en los pies de Eladio, del Pluto Contreras de nuevo, retrocediéndola a Raúl Sánchez y, con él, hacia el número uno, el arquero nuestro Escuti, desde quien vamos a multiplicar nuestros movimientos: haremos rebotar la pelota, esperaremos nuestro despliegue en el campo, una parvá; le pegaremos con medida hasta Jorge Toro, la controlaremos con esa habilidad nuestra en sus rodillas, en su cintura, en el pie suyo la levantaremos para que el pase hacia esta carrera que habremos empezado con el wing Ramírez Banda por nuestra franja derecha sea desmedida, y desmedida nuestra rabia, nuestra flecha, nuestras ganas de levantarnos y atacar. Desmedidos seremos los ochenta mil, ocho millones excesivamente violentos, y por eso no podremos permitir que nos detengan; apuraremos con gritos, insultos y escupos a los colegas en su saque de costado. La tomará Nilton Santos, se la pasará a Didí y, mientras el canoso albino vaya arrastrando enfrente suyo el tubo del auricular por la barra, usted va a tocar apenas con su dedo enguantado la base de su cigarro, y toda esa ceniza caerá en la manicurada: se estará quemando esa mano y, aunque calcinándose, aprenderemos que los dirigentes de dirigentes no gritarán, no saltarán ni se defenderán ante un ataque físico: lo de ellos va a ser siempre sentarse en las poltronas, tomar en copas de diferentes tamaños, reírse de los débiles y adormilarse mientras comprueben que sus trabajadores no dejarán de moverse; Didí la pasará a Zagallo, por la inclinación de su torso los compañeros rivales habrán entendido de vuelta cuáles van a ser sus posiciones en esa oleada de ataque, así que Zagallo trotando cambiará la trayectoria hacia el centro de la cancha, girará ante la presión que vendremos a hacerle Jorge Toro con el wing Ramírez Banda, y no le va a quedar otra opción que entregarla adelante a Amarildo, quien se sacudirá apenas intuyendo la integridad de la figura que bien conocerán, y la va a lanzar por todo lo ancho de los pastos con rapidez hacia Garrincha, siempre a nuestra izquierda. Alentaremos con los brazos arriba, al suelo mierda, para así aprovechar de mirar en el palco cómo el canoso albino va a responder la llamada telefónica con su mano quemada y, tartamudeando, repetirá su saludo porque no podrá creer que al otro lado de la línea le habrán cortado la comunicación: aprovechará de gritarle a la operadora para no ver el movimiento oscilante de la cabeza de usted, seguramente una risa; Garrincha también va a gesticular al dar unos pasos con la pelota en los pies, nos estará estudiando los movimientos del guerrillero Rodríguez; nos barreremos a sus pies y nos escamoteará la pelota, nos eludirá y sin embargo habrá estado mirando más adelante, a la vanguardia de esa ola que integrará con Vavá y Amarildo. Lo van a estar esperando para entrar juntos hacia este arco que se nos habrá puesto rojo, y de tanto verlo Garrincha no notará al lado suyo la camiseta del player con que le vendremos encima, la nuestra del guerrillero Rodríguez, justo cuando girará para eludirnos, aunque habremos sumado a Raúl Sánchez; así que su movimiento contrario no será mejor que nuestra cantidad y entre todos lo despojaremos de la pelota, seguiremos corriendo, la entregaremos al centro a Jorge Toro para que, filuda, parta de él nuestra flecha, y con él correremos con la pelota en los pies a dibujar una línea vertical por el círculo hacia el centro de la cancha. El canoso albino en la barra habrá conseguido que la operadora le haga en el acto una llamada internacional que le servirá para desahogar gritos en su idioma extranjero, insultos ininteligibles que con su mirada dirigirá a usted sólo porque la creerá absorta en esto que habremos relatado desde alguna radio de la tribuna: por la izquierda empezaremos en Leonel el segundo trazo diagonal de la flecha y, muy avispados al recibir nuestro pase de Jorge Toro, en vez de que entremos en la misma dirección con él preferiremos añadirle una línea horizontal a la punta, por medio de un pase largo hasta nuestro antípoda en la cancha, el wing Ramírez Banda, con quien por la derecha rayaremos la línea izquierda diagonal y no, repetiremos la línea paralela hacia Leonel, porque no podremos detenernos si querremos alcanzar a ver la cara de usted en el palco, darnos cuenta de si se estará carcajeando con el guante en la boca o simplemente va a estar tocándose los dientes con distracción cuando el canoso albino habrá llevado la bocina del teléfono ante su cara y enfatizará sus alaridos guturales: *goal-oriented*, *goal-oriented*, será lo que repita ese vozarrón, la cara enrojecida, los hombros hacia atrás en la barra a punto de lanzar el tubo del auricular por la baranda del palco, pero en vez de eso va a colgar el teléfono, pedirá dos vasos de cachantún que

147

inmediatamente el barman habrá traído en una bandeja y, cuando se los pongan enfrente, el dirigente de dirigentes los beberá al seco, se va a llevar una servilleta de género a la boca, se secará el sudor en el entrecejo y luego le dedicará a usted una sonrisa, a pesar de que estará demasiado ocupada en darnos la espalda para responderle, escuchando cómo con Leonel enseguida daremos un pase idéntico hacia el otro lado, y por enésima vez la recibiremos con nuestro wing Ramírez Banda a la derecha; pero si la flecha no va a entrar se desarmará en el aire, y eso igualmente habrá de ser movimiento, así que Zito va a interrumpir esta armazón falente, nos va a detener el ataque y con calma atrás lanzará un pelotazo que se frenará de a poco hasta llegar a su arquero corpulento Gilmar.

El barman del palco habrá puesto dos vasos más de cachantún ante el canoso albino allá arriba, mientras los cófrades de usted irán estirándose y sacudiéndose en sus poltronas; abrirán apenas las bocas para dejar salir opiniones insulsas sobre uno u otro negocio que les habrá sido ofrecido antes de cada cena de lujo, a las puertas de los clubes y en los baños de los burdeles por invitación; una ganga, dirán; un movimiento a precio de huevo, una bagatela, una broma triste, van a responderse en sus trajes azules, grises, beige, negros, y usted en la barra sacará, de otro de los bolsillos de su abrigo,

148

un reloj perlado que mirará fijamente mientras nos escucha: el arquero de ellos Gilmar sacará de nuevo desde su arco en pase largo que va a cruzar la cancha hasta Didí y Amarildo, quienes intentarán capturar la pelota sin lograrlo, porque iremos con Raúl Sanchez a pegarle de vuelta al sector donde querremos movernos, atacar, romper las redes. Y será eso un pase hasta Leonel, ala de nuestra izquierda, con quien cabecearemos en la línea media hacia Jorge Toro, y desde él se la vamos a entregar corriendo a Eladio. El canoso albino interrumpirá su escucha, urgiéndola con su movimiento sostenido a que le reciba el vaso de cachantún que le estará ofreciendo, y cuando usted lo haga él se quedará viendo su reloj perlado. Entonces moverá la cabeza; con el brazo tieso y el dedo índice hacia uno de los valés va a dar una orden para luego ir inesperadamente hacia la oreja suya y, en voz bajísima, con las aletas de la nariz infladas y los ojos extremadamente abiertos le habrá susurrado algo, ante lo cual usted se levantará del asiento de la barra, va a dar un paso atrás para responderle vagamente y, nunca nos dará la cara, en un idioma que no será el nuestro ni el de sus cófrades: le habrá dicho que no, que no, que no sin traducción, y luego caminará usted por el palco sin un destino, fumando, como si de una inminencia dependiera que no pueda seguir escuchando, a sabiendas que con Eladio la cruzaremos en un pase paralelo a la izquierda, que vamos a combinar con Leonel otra vez para sostener en el aire el desplazamiento colectivo de la flecha, colectiva la manera en que nos desperdigaremos por los pastos. Con Leonel notaremos el desbande, así que nos detendremos en posesión de la pelota ante el acoso de Djalma Santos, quien como todos los otros esperará nuestro movimiento y nada más que nuestro movimiento. Pero antes de enviarla y seguir la figura nos va a arrebatar la rabia, no querremos pasarla una vez más y en cambio buscaremos sobrepasar uno a uno a los contrincantes con la pelota en el pie, escúchenos: él o nosotros. No lo lograremos, aparentemente, porque Djalma Santos la alcanzará con el empeine y la va a mandar fuera de los límites por la línea lateral izquierda de nuestra ofensiva; desde el palco se escucharán por boca del canoso albino palabras en un volumen muy alto, palabras que por un momento van a superponerse a las de este relato en la radio, palabras incomprensibles para nosotros, para los valés, los barmen, los enfermeros y las auxiliares, y así como no las entenderemos de inmediato se van a poner de pie todos los dirigentes que estaban en sus poltronas, en el mesón de viandas o en el bar; acá uno se aclarará la garganta, allá otro sacará una peineta del pantalón para arreglarse, un tercero se subirá el corbatín y alguien más lejos se despertará la piel de la cara con agua de colonia, mientras usted de espaldas habrá dejado de moverse para recuperar, fumando, la quietud expectante ante lo que vendrá en su plan: volveremos a sacar la pelota por la línea lateral izquierda con las manos del guerrillero Rodríguez hasta que nos llegue a Eladio en el medio, desde quien nos la seguiremos hacia Jorge Toro en un pase que conformará la línea al centro, vertical, de la flecha; la trayectoria del pase será pellizcada por Didí, aunque igualmente seguirá hasta caernos de rebote en Honorino y al tiro nos habremos puesto a correr con él, combinaremos con Jorge Toro al interior, con quien nos la devolveremos, y en el vértigo no nos va a importar que le rebote a Zito en la mano, que el árbitro Yamasaki Maldonado, hermanito de mierda, ignore la infracción, porque habremos recibido en pared de Honorino con Jorge Toro finalmente, firmes y con perspectiva amplia del arco a donde irá esta flecha, para que la arreglemos en el pie izquierdo durante nuestra carrera, y así vayamos a sacarnos de encima el acoso de Didí y de Zito. Parecerá el nuestro un movimiento atlético, solitario, el giro decisivo de un crack, pero en la mirada de Jorge Toro habremos completado la forma de la flecha y sabremos que la punta extrema a la izquierda deberá ser Leonel, con quien habremos corrido inadvertidamente por el fondo del área canaria que vamos a atacar, así que el pase que enviaremos desde Jorge Toro irá en paralelo a la línea lateral y nos llegará con comodidad; lo que sí entenderemos en el palco es que varios valés van a estar trabajando intensamente en sacar algunas cajas que habrán estado guardadas detrás de la barra, y que de esas cajas irán saliendo botellas doradas de champaña sobre bandejas de plata; ante la guardia de Mauro Ramos, en el primer palo del arco, con Leonel consideraremos por fin pasarla a la punta de la flecha que será Honorino en el centro y no: todavía nuestro flujo será puro movimiento, no una dirección hacia la ruptura entre todos de las mallas, las redes, los hilos, los alambres y los cables, de modo que preferiremos el disparo directo al arco contrario, el gesto individual y sin sentido de una meta porque con Leonel el esfuerzo nos habrá hecho ver borrosa la figura plural, sólo un montón de dirigentes allá arriba que nos habrán observado de pie y usted al fondo, de espaldas, cuando nosotros caigamos a la grama exhaustos.

Sí distinguiremos, mientras el saque de arco de Gilmar cruzará el oscuro cielo a estas horas de la tarde invernal en estos Campos de Sports, que los valés allá en el palco se esforzarán para recoger, lavar, secar y apilar las copas largas sobre la barra. Por entre esos cristales notaremos que usted se habrá esquinado en una sombra del palco donde apenas se diferenciará la oscuridad del abrigo suyo, justo bajo unos parlantes donde va a escucharnos y nosotros querremos escucharla: esta vez no la va a alcanzar Amarildo cuando caiga, porque con la cabeza del Pluto Contreras y luego, pisándola, nos la vamos a dejar con Eyzaguirre, algo retrasados a nuestra derecha, y desde ahí la lanzaremos por bajo muy rápido hasta nuestro wing Ramírez Banda, con quien ya iremos corriendo por el borde de esa franja lateral derecha, perseguidos por Zagallo, por la mirada de los cófrades suyos desde el palco, por estos gritos culiaos que se nos saldrán de entusiasmo ante la carrera nuestra, cuando parece que ya nos habremos acordado de algo y al instante lo olvidaremos; todos nos la van a querer quitar, pero creeremos que no serán tantos en cantidad como nosotros, como nuestros chiflidos y nuestros aplausos, así que cuando Zagallo vaya a pasársela a Nilton Santos atrás rebotará en nuestro wing Ramírez Banda y saldrá lejos la pelota por la línea lateral. El saque lo volverá a hacer el defensor contrincante hacia Zito, quien se la va a pasar de regreso y, ante la persecución nuestra con el wing Ramírez Banda y el centroforward Tobar, la dará al centro a Mauro Ramos; éste seguirá corriendo, nos va a dejar a uno y otro rojo atrás, por su izquierda volverá a pasarla a Nilton Santos mientras las copas de champaña habrán seguido apilándose allá arriba sobre la barra, brillantes, lavadas en un vapor hirviente que desconoceremos durante los inviernos nuestros; secarán las copas con trapos más gruesos que nuestros trajes parchados por última vez en el verano, convencidos de que en esta semifinal de la Copa Mundial sí: y sí qué, nos preguntaremos al fin, porque ya no nos acordaremos de eso en este frío, a esta hora en que no va a haber día ni noche. No tendremos otro apuro en descubrirlo que el de nuestro centroforward Tobar, con quien vamos a apurar al back lateral de los rivales, y así Nilton Santos la enviará con fuerza por su lado, nuestra derecha, hasta Amarildo. A falta de que la ola canaria de ataque esté completa ese forward de los rivales levantará la pelota para correr y hacerse un autopase, mediante el cual nos habrá dejado atrás a Eladio; su carrera tomará velocidad, se la va a entregar a Vavá, a su lado y hacia esta área tal vez nuestra, porque la protegeremos aun con una zambullida de Eladio con ambos pies adelante, tan olvidadizos como arriesgados, y así les quitaremos la pelota: el árbitro Yamasaki Maldonado se habrá llevado el silbato a la boca pero no soplará, verdugo de mi verdugo, y no habrá cobro, no habrá infracción, sólo el brillo encandilador, no ya rojo sino amarillo en nuestras pupilas, de los focos que se habrán encendido a esta hora en el Estadio Nacional de Campos de Sports. Iluminados con Eladio haremos un segundo esfuerzo para pasárnosla por el piso, más allá de la línea media, rápidamente hasta Jorge Toro, con quien la mandaremos por nuestro lado derecho en pleno sector del seleccionado canario ya hacia el wing nuestro Ramírez Banda, y con tanta electricidad prendida nos animaremos a creer que los focos ayudarán a nuestra mirada, que a lo mejor ahora podremos verle la cara aun si va a seguir usted fondeada en el palco, ahí en el único filón de sombra del estadio encendido, atenta lateralmente a la champaña que los valé habrán empezado a servir en las copas largas; nos convenceremos de que nos estarán alumbrando este esfuerzo con que corremos al mismo tiempo por los dos extremos de la cancha para que invirtamos esta forma de herradura que naturalmente nos ordena, y Nilton Santos detendrá nuestro avance con el wing Ramírez Banda al pegarle de vuelta a la pelota, que quedará rebotando hacia el centro de la cancha cuando vamos a correr a agarrarla con el centroforward Tobar al mismo tiempo que Zózimo, quien de un hombrazo nos va a desplazar y la conseguirá, le va a dar en busca de Vavá a nuestra derecha en el sector medio de la cancha, por un segundo nos acordaremos de que toda esa electricidad que nos da con sus luces de estadio en la cara nos la van a cobrar a nosotros y, con Eyzaguirre, le echaremos encima todo el cuerpo enrabiado; el jugador de ellos no podrá seguir avanzando, aunque sí la pelota, que se irá por la línea lateral. Mientras vamos a ir con Eyzaguirre a hacer el saque, ya con Honorino estaremos seguros de que las torres de iluminación no habrán sido instaladas para ninguna claridad nuestra; se nos va a olvidar también en nuestra carrera, incansables, agobiados, sudorosos, que con este mismo esfuerzo también tendremos que derribarlas, y con Honorino vamos a seguir pegados a la línea porque en la derecha nunca estaremos cómodos, así que trazaremos a toda marcha una diagonal que cerrará la punta de esta flecha colectiva y seremos hábiles en el dríblin con que dejaremos atrás a Didí, a Zózimo, a otro compañero adversario más, cuando justo en la raya final se nos va a escapar, justo antes de alcanzar esa punta de la flecha que habrá sido el centroforward Tobar, justo en el momento en que podremos haber visto con toda trasparencia nuestras sombras en los pastos, por efecto de los focos en las dos torres, más alargadas que las copas de los cófrades suyos en el palco; ahora estarán hasta arriba de champaña las filas de cristales prístinos, dorados, refulgentes que nos impedirán encontrar la cara de usted: sólo las manos del canoso albino cruzadas sobre el traje cromado de él al centro del palco y, alrededor, sus cófrades en actitud de espera, sus muecas inminentes porque la pelota suelta irá a caer a nuestra izquierda, en los pies de Djalma Santos, quien enfrentará nuestro acoso con Leonel, por lo tanto le va a pegar fuerte, apurado, sin importarle ya al contrincante la posición de algún compañero en la ola que se les estará convirtiendo en resaca. En ese movimiento a nuestro favor se nos hará fácil interceptarla con el guerrillero Rodríguez, que la

lancemos desde ahí mismo para no perder en una forma
nueva de herradura la flecha cuya base seremos con
Jorge Toro, y ante Didí y ante Garrincha, que nos ro-
dearán, se la pasaremos al tiro a Eladio en el eje central
de la cancha. Con Eladio vamos a tener tiempo y espacio en la figura, creeremos; querremos mover la pelota
apenas, escondiéndola, buscando definir si va a ser flecha
o herradura lo que con los demás rojos habremos formado en el avance, y no el encandilamiento de los focos
del estadio sobre el borde cristalino de dos docenas de
copas de champaña contra nuestros ojos; así perderemos
incluso la sombra de usted allá en el palco, porque iluminados por completo van a seguir sólo quienes dirigen,
no quienes se esfuerzan ciegamente. Nos la pasaremos a
la derecha a Eyzaguirre, con quien en busca del siguiente eslabón, manchas en la mirada, nos enredaremos al
querer detener la pelota cuando corriendo va a venir
Zagallo, y sin embargo nos quedará el instinto de correr
de vuelta a esta defensa roja en la derecha; nos apoyaremos en Raúl Sánchez, con quien aun vamos a poder
jugarla de vuelta a Eyzaguirre porque en su postura
habremos recobrado el esquema de ataque, que no será
una mutación violenta de un dibujo a otro sino un recorrido completo por la herradura hasta que del material
mismo podamos forjar una flecha: la pasaremos al centro al Pluto Contreras, desde éste buscaremos a Eladio

aun si el pase nos saldrá en otra dirección, de manera que Didí la va alcanzar y con velocidad correrá a pasársela a su colega Garrincha, quien de nuevo se las va a arreglar para maniobrar ampliamente, por la rechupalla, cuando en el pase que le vendrá la pelota le pegue en la espalda y rebote hacia nuestra izquierda, ahí donde estaremos con el guerillero Rodríguez para salirnos de la ola de ataque de los otros y empezar a construir una flecha con el wing Ramírez Banda más adelante. Ese vértice ya lo tendremos preparado en dos carreras, así que con nuestro wing la vamos a levantar desde nuestro borde derecho de la cancha para conectar con el centroforward Tobar, y con éste seguiremos en diagonal la figura según un pase al centro, a la punta que ahora estableceremos con Honorino, y con él sí vamos a ser capaces de dar un salto que no sabremos cómo será más lento que el de Zózimo, que cabeceará para rechazarla lejos del círculo central de esa área alejada, y mientras más nos moveremos nosotros más quietos se estarán quedando sus cófrades allá en el palco, los focos habrán dado de lleno en sus trajes, en sus peinados, en sus colleras, en sus maletines, en sus plumas fuentes, en sus cajas fuertes, en sus contratos y en sus constituciones, menos en usted; la pelota se nos escapará hacia Mauro Ramos, a la derecha, dejaremos de buscarla para entrarle a ese rebote con el centroforward Tobar, en un fuerte cabezazo y carrera para controlarla; sin embargo será un delantero de ellos, Vavá, quien con urgencia la habrá sacado de la cancha por la línea lateral derecha. Las luces nos harán mirar arriba en su búsqueda, y aunque no veremos ya ni la sombra del abrigo suyo intuiremos que para usted será inútil que esperemos una explosión de risas con electricidad y descorchamientos: también nos habremos olvidado de eso a la carrera, rápido nuestro saque lateral en las manos de Eyzaguirre hacia Honorino, con quien nos habremos marchado ya a la esquina del banderín con la pelota, mostrándola y escondiéndola a Nilton Santos, hasta que perdida la paciencia una patada suya nos hará caer, rojos, al suelo: escuche usted cómo habrá sonado el silbato, justicia y saqueo, del árbitro Yamasaki Maldonado cobrando un tiro libre a la derecha de nuestro ataque, al borde del área adversaria. Notaremos apenas una sacudida en esa única esquina del palco donde no habrá quedado alguno de los cófrades suyos de pie, sonriendo exageradamente: la agitación de la cabeza de usted ahí, guarecida en su abrigo y fumando, por cuya inclinación adivinaremos que sus ojos no se habrán despegado de la efervescencia de las copas largas, y que ahí irá nuestro hervor ahora; una flecha nuestra mirada, una flecha oblicua desde aquí y en busca del arco que se nos habrá olvidado que va a ser inexpugnable. Nuestra inopia va a ser completa a partir de ahora,

159

admirados porque el bloque de contención del seleccionado campeón del mundo ocupará toda esa área, y con
Jorge Toro no vamos a disparar de frente, sino que habremos dado un pase al centro, por donde vendremos
entrando con Eyzaguirre a toda velocidad desde el borde del área, convencidos ya de que la punta de la flecha
llevará luces, espumas y dorados, no las rojeces de los
campos, así que lanzaremos un pase hacia el punto penal
que sin embargo rebotará en Mauro Ramos. Y cuando
la pelota nos vuelva a los pies de Eyzaguirre, ahora en el
vértice conformado por la línea de fondo y la lateral
diestra, nos la vendrá a quitar Mauro Ramos, quien
querrá salir jugándola a través de una oleada que no se
les va a alzar, porque se les habrá vuelto resaca a ellos,
que también se habrán olvidado de algo en su carrera;
de manera que fácilmente les sobrevendremos corriendo
con el wing Ramírez Banda, se las quitaremos y lograremos en nuestra distracción, porque no le veremos la
cara a usted, chutear otro pase abierto al centro de esa
área rival, y otra vez será anterior a nuestro esfuerzo el
cabezazo de otro, de Zózimo, para enviarla más afuera
donde Didí, que a su vez la elevará usando un golpe de
cabeza. Con Eyzaguirre vamos a permanecer en ese lugar
como parte de la herradura oxidada con que habremos
aprendido a defendernos, y vamos a cambiar el rumbo
de la pelota al pasársela al wing Ramírez Banda, y con

éste nos la devolveremos porque también podremos aprender ahora que en cada ataque nuestro seremos parte de una flecha roja, punta de cobre; nos dejarán usar, después de tanto esfuerzo, solamente dos objetos que asumiremos nuestros, y al recibir la pelota pasaremos a trazar con el wing Ramírez Banda una de las rayas diagonales que, sabremos con Eyzaguirre, será necesario unir a otra línea horizontal por el centro: un pase hacia el Pluto Contreras, con quien la habremos hecho circular de vuelta a la base por la raya vertical de donde habremos venido corriendo, escalando con Eladio; con él nos meteremos al semicírculo del área canaria, vamos a estar preparando la última parte del circuito en el momento que una patada de Zito, conchesumadre, nos desestabilizará y nos hará caer en el más puro movimiento. Ahora se va a desplazar usted de su esquina en el palco mientras sus cófrades estén preparando en sus manos un golpe decisivo y se confíen entre sí una frase entusiasta en otros idiomas, finalmente; ahora todos los ojos irán al canoso albino que va a estar estirando un poco su brazo platinado para marcarle al jefe de los valés que prepare las bandejas ya, cuando habrá sonado de una vez el silbato del árbitro de la injusticia Yamasaki Maldonado marcando falta, tiro libre a doce pasos del área canaria, y les gritaremos que se vayan a la chucha, empuñaremos la rabia por el fuerte foul de Zito sin otra sanción: y que se muevan, que se muevan, que nos dejen verla a usted entre la multitud de los cófrades suyos que revolotearán entre carcajadas alrededor del canoso albino contra la baranda del palco, expectantes, mientras de muy atrás la veremos aparecer en un movimiento que no alcanzaríamos a notar si no fuera porque estaremos detenidos preparando el tiro libre: del bolsillo usted sacará de nuevo la botellita, el tubo de ensayo, el frasco, y de una carrera veremos cómo lo abre ante las bandejas, sobre las espumas, encima de los vasos que refulgirán descuidados en el momento que todos los valés se habrán acercado a recibir las últimas instrucciones del canoso albino, y enseguida la figura suya de espaldas se irá difuminando hacia el rincón exactamente opuesto; se ocultará tras el revoloteo de dirigentes para escuchar también desde los parlantes cómo se habrá formado la barrera de players canarios en el semicírculo del área de ellos, por fin de ellos; nosotros también los distraemos ahí en el medio con nuestros centroforwards, con nuestros wings los rodearemos en ángulos que replicarán los de la línea de cal, a la espera de un pase, de la oportunidad de un rebote o de que en el entusiasmo usted nos muestre la cara. Con Jorge Toro vamos a disponernos frente a la pelota, habremos tomado distancia, querremos dejar de olvidarnos y, por el contrario, nada más vamos a conseguir observar lo que está enfrente, darnos cuenta de que tantas veces dirigido el movimiento plural nos detendrá, y que desde este momento ya no seremos más nosotros en futuro, porque la demora colectiva termina si se nos interrumpe y se nos desintegra, si dejamos que tomen ustedes las decisiones; que así sea, que nos perdamos para no perder: corre Jorge Toro, se inclina, le pega, la ve subir, que pasa la barrera, que tuerce con sutileza la trayectoria a la izquierda y que en esa parábola entra al arco por una esquina, y es gol, gol, gol, gol, ¡gol del seleccionado chileno! La galería está enfervorizada, señores: se levantan los brazos, se agitan los pañuelos, en la tribuna tremolan cojines y carteles, flamean por todas partes las banderas rojas, mejor dicho tricolores, mientras los players chilenos abrazan a Jorge Toro y en el palco todos los estamentos organizativos internacionales presentes en esta magnífica Copa Mundial de Football, que enorgullece a todo el pueblo chileno, congratulan a nuestros dirigentes por el estrechamiento de las cifras con un sencillo brindis con vino espumante, a la salud del espíritu deportivo que alcanza un verdadero clímax en esta gesta. Aunque quedan escasos tres minutos para finalizar la primera fracción de este encuentro, se han renovado las esperanzas de los players y de los ocho, ocho mil, ocho millones, digo ochenta mil espectadores de esta inolvidable semifinal, mis señores: Brasil sigue arriba por dos goles a pesar de que Chile ha descontado y está a uno nada más del empate, quizá con el triunfo a simple vista, y usted ya irá bajando las escaleras, la otra persona al otro extremo del teléfono descolgado habrá entendido que ahora sí serán usted con ella solamente, ni un colega más, y jamás podremos alcanzarla a ver, satisfecha su cara, rostros alegres quizá ante la expectativa de llegar a la final y alzar la copa: me atrevo a decir, queridos oyentes, que debemos esperar lo mejor para el futuro de este partido, aun si nuestros dirigentes nacionales e internacionales en el palco están en amable desacuerdo, ya que han acudido a sentarse sobre sus poltronas sin ánimo. Me disculpo ahora, porque nos informan que no es una situación para bromas y que algunos están en el suelo; las autoridades sin embargo llaman de inmediato a la calma, ya llega un equipo de médicos y enfermeros a atender la severa intoxicación masiva que desafortunadamente ha afectado a toda la plana dirigencial de este evento mayestático. En breve les informaremos más de esa situación que de seguro está perfectamente controlada. Mientras tanto volvemos a la cancha, donde el seleccionado de Brasil repone las acciones. Vavá la hace retroceder hacia Djalma Santos, que la alarga hasta Mauro Ramos. A pocos minutos del final de esta primera fracción hemos quedado, sí señor, con las esperanzas de triunfo incólumes mientras tengamos a nuestros cracks representándonos en la grama; tras el golazo de Jorge Toro positivamente sabemos ahora que no hay imposibles para Chile, porque en los pies de nuestros players haremos historia como un solo pueblo, una sola nación y un solo país de ganadores.

3
PERSPECTIVA DE LA PARVÁ

El relator aborda el vagón, se acomoda en asientos opuestos después de ayudar a la pareja de ancianos a fijar su maleta chica en el compartimento superior; su propio baúl va en el coche de carga perfectamente encajado con otras cuarenta y siete piezas de equipaje –ese número le ha dado el chiquillo que las disponía. Perfectamente encajado, repite. Trae consigo nada más que los anteojos, la billetera y el reloj en el bolsillo. Serán cinco los pasajeros que lo acompañarán en el vagón de vuelta desde Santiago hasta Temuco. Solamente cinco en este primer tramo, observa. Y los gestos se le vienen encima con tranquilidad, brazos y pies, hombros y rodillas que como los suyos se flectan, se inclinan, se ladean, empiezan a balancearse al unísono, vibran contra el cuero y mira cada cual lo mismo hacia afuera, dedos de distintos grosores que se alzan en dirección al andén. Empieza a andar la figura, va a conformarse, está a punto de mostrarle con claridad quién y en qué posición cuando se abre la puerta de entre vagones, ingresa un mozo y el esquema vuelve a ser distinto siempre: ahora son seis, pero su paso no dura más que algunas casas rápidas por la ventana, y sin embargo la sonrisa servicial no es recíproca con los movimientos de quienes ocupan el vagón; nada más viene como el sol al atardecer, un segundo a través de una apertura entre los cipreses, ya en zona rural, y se va tras una larga pandereta que encuentra las mismas cinco miradas contra los cristales.

—Bienvenido al expreso, señor. ¿La prensa de la tarde?

El relator sonríe. Acepta los papeles con un movimiento de cabeza, ha entendido que debe dejar ir otro diagrama: en ese instante se le muestra la misma sonrisa servicial, el mismo cuello flectado, el pliegue idéntico de la servilleta sobre el antebrazo de seis mozos y mozas en cada uno de los vagones del expreso.

—¿Cachantún? ¿Café? ¿Papaya, copa de vino, pisco sour, bilz?

—Una agüita de boldo, si es tan amable.

El relator combina entonces el movimiento de cambiar de sitio su sombrero, desde encima de la mesa hacia el asiento contrario, con el chamullo de algún pasajero más atrás suyo, con el suspiro de una tía, una madre y su hija al fondo —la risa de esa hija— y con el gesto silencioso por el cual uno de los ancianos abre un estuche de madera y metal, de donde él y su pareja van sacando, poste tras poste en la ventana, árbol tras árbol, sobre la superficie de un libro de tapas gruesas que uno de ellos ha puesto sobre sus piernas, una y otra ficha del dominó que van construyendo; el relator combina cada una de esas acciones con las de sus propios dedos que acomodan los diarios de la tarde doblados en una esquina del asiento suyo, y al hacerlo se fuerza a abrir los ojos, a moverse, a quedarse en el momento nada más y en el sitio donde está del expreso Santiago-Temuco, para seguir dejando que se vaya para él ese diagrama.

Y con esa decisión se van quedando atrás todos los otros diagramas que se le presentan. También los trayectos y las combinaciones posibles, quiere; pero si lo manifiesta así, en tales términos, también habrá una posibilidad de armonía a punto de presentársele, porque cada uno de esos conceptos incluye su realización, de manera que debe tomar un diario, uno cualquiera, y quedarse leyendo el titular «Chile, tercer-campeón del mundo» porque su tinta hedionda, los tipos apenas grabados en el papel industrial, la fotografía difusa sí están ahí, resuelto previamente el orden en una superficie, las líneas sucesivas, más abajo el retrato de Garrincha levantando el trofeo o bien la pelota en sus manos y, al costado, tras un estrecho filete que cruza la mitad de la página, una columna de texto. El relator ha decidido extender a todo el viaje la inercia de los cuerpos alrededor suyo sin hablar de ellos, sin hablarles ni hablarlos; quiere dejar que se acoplen las piezas del dominó, que calcen baúles, maletas, cajones y sacos en el coche de carga, que el sonido con que no hablan la tía, la madre y la hija siga siendo ruido de narices, que los titulares de la prensa de la tarde nada más sean manchas, óxido, pjñén de ayer, palabras tan trasparentes que caducan de antemano, y que cada brizna del rulo amarillo a través de la ventana muestre una parte del cerro que acaba de pasar, del cerro, del monte, de la montaña, de la cordillera que se va más al fondo, una mirada la suya que no lo refleja sobre el vidrio, sino el paisaje: en el monte caminaba de la mano con su fjcha cuando por primera vez notó que la parvá de xjuxjú y el rescoldo del viento eran dos asuntos muy distintos, que las hojas de ñjre, pegjn y lawal se arremolinaban, se iban hacia el río o por la grieta indiferentes a su visión, al vozarrón de su fjcha, a la cercanía de sus pasos con respecto a la caída de agua; se trataba de un monte, algo completamente distinto a un cerro, evita repetirse el relator, apoyado en el asiento con el sol invernal yéndosele en la cara; ya no tiene que importarle el crecimiento de la humedad cada día en sus quebradas, la altura del pegjn o la impenetrabilidad del boscaje de foj, porque el monte acaba de pasar y él está esforzándose para seguir viendo a través de su vidrio: al otro lado del monte, la cancha; todo es cancha, vuelve a gritar su fjcha, y cuando lo suelta del cuello él corre a ahuyentar la multitud de xjuxjú que están picoteando ahí, no por maldadoso ni para preparar el terreno cuando llegan desde el río los fortachones, los wæxé, con sus paljnes, sino para quedarse observando en el aire la mancha amarilla, canaria, gris, blanca que oscila, tapa por un momento el sol que los está encandilando, se devuelven los xjuxjú y, cuando bajan hacia él, incontables, se da cuenta de que también lo están mirando de vuelta, que aterrizan un poco más allá de sus manos chicas y sus pies pjñjñentos; no se da cuenta, ha dejado en el aire una risita de fascinación, una carcajada filuda que en su garganta es gorjeo, y gorjeo de xjuxjú que le devuelven un aviso en el momento que llegan de más allá del camino otros wæxé, para que arranquen los xjuxjú porque ellos traen una pelota de cuero de chancho que los espanta. Él se va alejando a la siga de la sombra que va dejando la parvá, mientras su fjcha con una sola palabra los pone a jugar: todo es cancha, paljn o pata, pero nunca manos, porque las manos están para la faena, la caza, la cosecha y para sonarle los mocos a él; todo es cancha, pero al borde de todo se queda, relator ya, mirando cómo la sombra de la parvá dirige a los fortachones en su baile, la sombra amarilla que elige dónde va a hacer menos calor para que allá se empujen, se peguen, se empolven, se escupan y celebren. No hay reglas, le responde su fjcha cuando escucha que pregunta con un gorjeo y que los wæxé también empiezan a hacerle caso, ese su carraspear el otoño en que cambia la voz; no hay reglas, le revela su fjcha, fjcha suyo y de todos quienes viven al otro lado del monte. Pero cuando vienen wæxé de más allá del agua grande, su fjcha le pide que no cante los goles ni se quede mirando la parvá. En cambio si vienen maxj a jugar, él hace gárgaras y lee libros de ellas, hay fiestas, cadencia, besuqueo, unión; ellas lo aplauden, lo ponen bonito y lo llevan al río a bañarse juntos aunque los cuentos suyos las hacen perder el último partido ante los wæxé de la montaña. Hasta que un día su fjcha lo encuentra con ellas en el río de noche, con luna llena, transformado, y, sin hablarles, como nunca antes lo oyera, las echa del partido, les prohíbe volver, y a él seguir cantando las jugadas. Él se esconde en las cuevas, aprende que las lombrices, las hormigas, las abejas y las invisibles también son parvá con nombre, que también vocalizan a la manera suya. Cuando decide volver su fjcha está arrugado como piedra, llegó el tren y los camiones y una fábrica al monte, los xjuxjú ya no están, los suelos están pelados porque ahora en las copas de ñjre, pegjn y lawal abundan los xile, azabaches con una línea amarilla en el pecho, mal pronunciados ellos, plomizas ellas, y la humedad de las quebradas se ha vuelto pegajosa, el pegjn crece ralo, da una fruta salada y la impenetrabilidad cambia el foj por un árbol de la suerte, uno solo en medio del

174

boscaje. El penúltimo día llegan los wæxé de más allá del agua grande con camisetas de un solo color, vienen siguiendo a un hombre completamente de negro: es un juez, alegan; de ahí en más ese juez debe reemplazar a su fjcha, quieren, pero el pueblo del monte se alborota y los expulsan también del partido. De todas maneras los dueños de los trenes, de los camiones y de la fábrica van a volver e insisten, amenazan con el fuego. El hombre de negro se instala durante el verano, lo siguen parvás multitudinarias de xile que abren el pico apenas para comer y que no responden fácilmente a su voz de relator; el hombre de negro trae un reglamento escrito: manos sí, pero como último recurso; paljnes no. Y sólo en sus nombres extranjeros. Su fjcha se niega, naturalmente. Los dueños demuestran que saben más del fuego, un wæxé pierde la paciencia y dispara, la parvá se levanta de inmediato y arranca hacia las alturas. Su fjcha tiene que ir a esconderse a la sima de la quebrada, donde las maxj; al otro día aparece flotando, muerto, en el río. Los dueños sacan diarios y programas donde cuentan cómo las maxj asesinaron a su fjcha porque se negó a meterse en el río con ellas. Pero es mentira. Él sabe. Así que se levanta de madrugada, gorgoritea, expectora, ríe, cruje su nuez, chifla, pía, silba, vocifera y reúne al millón de millones de xile que han llegado esos veranos; los eleva, los hace aletear y los lanza a mediodía por la chimenea mayor de la fábrica, de la locomotora del tren; hay dos explosiones; el fuego por fin se desata con tiroteos, incendios y quemas en toda la zona. Dos de las maxj caen prisioneras, los dueños se encargan de aplicarles el reglamento con saña, las condenan a perpetuidad aunque a la hija de ellas la internan en el hogar de menores de Ferroviarios, en la capital. Las maxj desaparecen del mapa y de la historia; salvo la dirigenta, se desdice el relator, que ya no distingue una luz siquiera en la noche que ha entrado por la ventana de su vagón. El pueblo del cerro se desbanda, migra a las ciudades. Pero es mentira. Él sabe. Así que se levanta de madrugada, gorgoritea, expectora, ríe, cruje su nuez, chifla, pía, silba, vocifera y decide como el resto irse a la capital, aprenderse todos los nombres, entrar a la escuela, titularse de periodista, trabajar en la radio por décadas, relatar por última vez el partido antes de tomar el expreso Santiago-Temuco que se descarrilará de madrugada en el puente nuevo sobre la quebrada del monte, porque lo habrán construido según una falla técnica, termina de decir.

SANGRÍA

PUBLICACIONES EN CHILE

3. *Constitución Política Chilena de 1973*,
propuesta del gobierno de la Unidad Popular
4. *Not in Our Name. Against the US Aid to the Massacre in Gaza /
Contra la ayuda de los Estados Unidos a la masacre de Gaza*,
varios autores

Monumentos frágiles
1. *La Cañadilla de Santiago. Su historia y tradiciones. 1541–1887*,
Justo Abel Rosales.
Edición de Ariadna Biotti, Bernardita Eltit y Javiera Ruiz

Reserva de narrativa chilena
1. *El rincón de los niños*, Cristián Huneeus
2. *Carta a Roque Dalton*, Isidora Aguirre
3. *La sombra del humo en el espejo*, Augusto d'Halmar
4. *Tres pasos en la oscuridad*, Antonio Gil
5. *El verano del ganadero*, Cristián Huneeus
6. ~~*Poste restante*, Cynthia Rimsky~~ [fuera de circulación]
7. *Una escalera contra la pared*, Cristián Huneeus
8. *Trilogía normalista*, Carlos Sepúlveda Leyton
9. *Bagual*, Felipe Becerra
En preparación
10. *Escenas inéditas de Alicia en el país de las maravillas*,
Jorge Millas
11. *Antología personal*, Guadalupe Santa Cruz
12. *Las playas del otro mundo*, Antonio Gil
13. *Singulares misericordias*, Úrsula Suárez
14. *Libro de plumas*, Carlos Labbé

Relaciones instantáneas
1. *Manon y los conejos hacedores de papel*, Felipe Becerra
2. *Cabo frío*, Antonio Gil

Texto en acción
1. *El cielo, la tierra y la lluvia*, José Luis Torres Leiva
2. *Johnny Deep (Juanito Profundo) y la vagina de Laura Ingalls*,
Alejandro Moreno Jashés